Santiago García-Clairac

Das unsichtbare Buch

Ebenfalls von Santiago García-Clairac im Baumhaus Verlag erschienen:

Die Schwarze Armee –
Das Reich der Träume

Die Schwarze Armee –
Das Reich der Dunkelheit

Die Schwarze Armee –
Das Reich des Lichts

Santiago García-Clairac

Das unsichtbare Buch

Aus dem Spanischen
von Hans-Joachim Hartstein

Baumhaus Verlag

FSC
Mix
Produktgruppe aus vorbildlich bewirtschafteten Wäldern und anderen kontrollierten Herkünften
Zert.-Nr. GFA-COC-001262
www.fsc.org
© 1996 Forest Stewardship Council

Baumhaus Verlag GmbH

Deutsche Erstausgabe

Original title: El libro invisible

German edition published by arrangement with Ediciones SM
through Martina Nommel

Lektorat: Kerstin Windisch, München
Illustrationen: Katherina Lindenblatt
Umschlaggestaltung: © Sophie Polewiak/ Guter Punkt unter Verwendung von Motiven von Shutterstock
Satz: Dörlemann Satz, Lemförde
Gesetzt aus der Century Schoolbook und der Goodfellow
Druck und Einband: Friedrich Pustet, Regensburg
Printed in Germany
ISBN 978-3-8339-3598-5

5 4 3 2 1

Sie finden uns im Internet unter:
www.baumhaus-verlag.de

Für Ana

1

Ich heiße César. Heute fängt für mich das neue Schuljahr in einer neuen Schule an. Deswegen bin ich stinksauer.

Jedes Jahr ist es das Gleiche. Ich muss die Schule wechseln, die Freunde, die Lehrer, das Viertel und, was noch schlimmer ist, auch die Wohnung. Und schuld daran ist mein Vater.

Nicht dass mein Vater von der Polizei gesucht würde wie ein Verbrecher, der ständig in eine andere Stadt ziehen muss. Nein, das ist es nicht … Mein Vater ist Schriftsteller.

Er sagt, er sei ein unruhiger Geist und könne nicht lange am selben Ort bleiben. Deshalb bleiben wir gerade nur so lange in einer Stadt, bis er einen Roman zu Ende geschrieben hat, und dann … Adiós!

»Meine Fantasie hängt fest«, erklärte er eines Tages meinem Bruder Javier,

Mama und mir, als wir in einem Flugzeug saßen. »Es ist mir unmöglich, zwei Bücher am selben Ort zu schreiben. Ich muss neue Gesichter sehen, eine andere Umgebung …«

Er schreibt Bücher für Kinder, aber bisher habe ich es noch nicht geschafft, auch nur eins davon zu Ende zu lesen. Ein paar Mal hab ich's ja versucht, aber ich kriege dann so schlechte Laune, dass ich einfach nicht weiterlesen kann.

Ich bin so stinkig auf die Bücher meines Vaters, weil sie der Grund für unsere ständige Umzieherei sind. Und genau deswegen, wegen dieser Bücher, muss ich heute wieder in eine neue Schule gehen.

Wenigstens hatte ich diesmal Glück, die Schule liegt ganz in der Nähe unserer Wohnung. Besser gesagt, die *neue* Schule liegt in der Nähe unserer *neuen* Wohnung. Wir sind nämlich erst vor knapp einem Monat in diese Stadt gezogen. Ich habe noch keine neuen Freunde gefunden. Ich kenne nicht mal unsere neuen Nachbarn.

Die neue Schule ist sehr groß. Genauso wie das Klassenzimmer. Sieht aus wie ein

Saal in einem dieser Paläste, die man manchmal im Fernsehen sieht.

Ich war früh da und bin als Erster hineingegangen. Aus Erfahrung weiß ich, dass man sich dann aussuchen kann, wo man sitzen will. Ich habe mich in die letzte Reihe gesetzt, direkt ans Fenster.

Ich habe inzwischen gelernt, dass die Lehrer normalerweise nicht auf diejenigen achten, die ganz hinten sitzen. Und ein Platz am Fenster hat den Vorteil, dass man seinen Gedanken nachhängen kann, während man in den Himmel blickt. Dann geht die Zeit schneller rum. So was lernt man, wenn man ständig die Schule wechseln muss und oft allein ist.

Nach und nach füllt sich die Klasse. Fast alle Schüler kennen und begrüßen sich, mich sehen sie seltsam an. Aber das kenne ich schon, es ist immer das Gleiche.

Ich glaube, der Lehrer und ich, wir werden keine Freunde. Neulich hat meine Mutter mich ihm vorgestellt. Er ist einer von denen, die wollen, dass man zu ihnen aufschaut und sie respektvoll behandelt. Als wären sie wichtiger als der Rest der Welt!

»Hallo!«

»Was?«, frage ich etwas erschrocken.

»Wie heißt du?«

»Wer? Ich? … César«, antworte ich.

»Ich heiße Lucía«, sagt das Mädchen, das sich soeben neben mich gesetzt hat.

Erst jetzt merke ich, dass es ein Doppeltisch ist und sich früher oder später ein anderer neben mich setzen musste. Aber dass ich ein so hässliches Mädchen abkriegen würde, damit habe ich nicht gerechnet.

Ich sehe sie von der Seite an. Ihr Gesicht macht mir direkt Angst. Das Schlimmste daran sind nicht die dunkelbraunen Sommersprossen, die fast ihr ganzes Gesicht bedecken; nein, das Schlimmste ist die riesengroße, runde Brille. Sieht aus wie eine Maske.

Das kann ja heiter werden!

»Du bist neu hier, stimmt's?«

»Ja«, antworte ich und starre auf mein Heft. »Ich bin neu hier.«

»Zugezogen?«

»Ja, vor Kurzem.«

Sie ist nicht nur hässlich, sie nervt auch.

»Ich bin schon seit der ersten Klasse

hier auf dieser Schule«, erklärt sie mir, »ein alter Hase sozusagen. Wenn du also Fragen hast, frag mich nur.«

Auch noch blöd. War ja zu befürchten.

»Ist schon okay ...«, murmele ich, damit sie endlich die Klappe hält. »Wenn ich was wissen will, frag ich dich schon.«

»Du, hör mal, red nicht mit mir, als wär ich blöd, ja?«, sagt sie plötzlich, als hätte sie meine Gedanken gelesen. »Ich seh zwar vielleicht so aus, aber deshalb bin ich's noch lange nicht.«

»Ich ...«

»Was, du?«, fällt sie mir ins Wort. »Du behandelst mich wie eine blöde Ziege, aber da hast du dich geschnitten, merk dir das.«

»Ich hab doch gar nichts gesagt!«, protestiere ich.

»Aber gedacht, und das kommt auf dasselbe raus«, sagt sie.

»Und woher willst du wissen, was ich denke?«

»Ich bin Schriftstellerin, und wir Schriftsteller kennen uns mit Menschen aus.«

»Ach ja?«

»Ja!«

Dazu fällt mir nichts mehr ein. Schlimmer hätte es gar nicht kommen können. Noch ein Schriftsteller!

»Damit du's weißt«, sage ich schließlich, »mein Vater, der ist Schriftsteller und veröffentlicht Bücher. Nicht so wie du! Von dir ist noch nie was veröffentlicht worden!«

»Und was schreibt dein Vater? Wie heißt er? Schreibt er gerade was? Für welchen Verlag? Wie viele Bücher ...?«

»Sei still!«, zische ich sie an. »Siehst du nicht, dass der Lehrer schon zu uns rüberschaut?«

Sie blitzt mich böse an, sagt aber nichts mehr.

Der heutige Schultag war einer der schlimmsten in meinem Leben. Ich glaube, morgen werde ich versuchen, mich woanders hinzusetzen, denn diese Lucía ... Nein, die ertrage ich einfach nicht. Was geht sie es an, was mein Vater schreibt? Glaubt sie vielleicht, er erzählt mir, was er gerade macht?

Vor der Schule wartet mein Bruder auf mich. Wir gehen zusammen nach Hause.

»Was hast du da auf der Wange?«, frage ich ihn und mustere die Kratzer in seinem Gesicht.

»Hab mich geprügelt«, antwortet er.

»Bist du okay?«

»Ja … glaub schon«, sagt er. »Und, wie war's bei dir?«

»Das Mädchen, das neben mir sitzt, ist blöd«, erzähle ich. »Sie ist die hässlichste und dümmste Kuh, die ich je gesehen habe. Wenn du die siehst, kriegst du echt einen Schreck.«

Davon, dass mich ein paar Jungen geärgert haben, erzähle ich ihm lieber nichts. Die ganze Zeit haben sie mich mit Papierkügelchen beschossen. Das wird noch Ärger geben, glaub ich, auch wenn ich versucht habe, mir nichts anmerken zu lassen.

Zu Hause angekommen, setzen wir uns an unsere Hausaufgaben. Später kommt mein Vater, und wir essen zu Abend.

»Wie war euer erster Tag in der neuen Schule?«, erkundigt er sich, kaum dass wir am Tisch sitzen.

Ich antworte nicht, sehe ihn nur an.

»Ich hab mich mit einem aus der Klasse geprügelt. Er hat ›Neuling‹ zu mir gesagt«, berichtet Javier. »Aber ich hab's ihm gegeben …«

»Javier! Wie oft hab ich dir schon gesagt, dass du dich nicht mit deinen Klassenkameraden prügeln sollst!«, schimpft Mama mit ihm. »Wenn du so weitermachst, wirst du nie Freunde finden.«

»Wir werden sowieso nie Freunde finden«, bemerke ich.

»Ich hab mit einer neuen Geschichte begonnen«, sagt Papa, um das Thema zu wechseln.

»Wie schön!«, ruft Mama, ebenfalls um bessere Stimmung bemüht.

»Und für uns hat ein neues Schuljahr begonnen«, sage ich und löffle meine Suppe.

»Worum geht es in deinem neuen Buch?«, fragt mein Bruder Javier.

»Es heißt *Das unsichtbare Buch* … Ich bin sehr zufrieden. Mehr kann ich euch noch nicht erzählen, ich fange ja gerade erst an.«

»*Das unsichtbare Buch* …?«, wiederholt mein Bruder erstaunt.

»Genau«, sagt mein Vater. »Es geht darin um ein Buch, das nicht jeder sehen kann und …«

»He! Sagst du nicht immer, dass es Unglück bringt, wenn man von den Geschichten erzählt, die man gerade schreibt?«, unterbricht ihn meine Mutter.

»Mama!«, stöhnt Javier.

»Sie hat recht«, sagt mein Vater. »Mehr verrate ich euch nicht. Ihr müsst warten, bis das Buch fertig ist.«

Ich sage nichts dazu. Die Geschichten meines Vaters sind mir egal. Seine Bücher sind schuld daran, dass wir unser Leben lang von Stadt zu Stadt ziehen, von Wohnung zu Wohnung ... Und jetzt muss ich zu allem Übel auch noch diese Lucía ertragen!

»Also, ich werde mich wieder ans Schreiben machen«, sagt mein Vater, als wir zu Ende gegessen haben. »Gute Nacht alle zusammen.«

Er hat die Angewohnheit, auch nachts zu arbeiten. Tagsüber schreibt er mit der Hand in ein Heft, und nachts tippt er es dann in seinen Computer. Er schreibt also zweimal dasselbe! Ich sag's doch, Schriftsteller sind ziemlich verrückt.

»Bis morgen, Papa!«, ruft Javier ihm hinterher.

»Viel Glück in der Schule«, wünscht uns Papa, und weg ist er.

Wir bleiben noch ein wenig auf und sehen fern. Heute Abend kommt ein Abenteuerfilm, und Mama hat uns erlaubt, ihn zu sehen.

2

Meine Laune wird jeden Tag schlechter. Die neue Schule gefällt mir nicht, und es stinkt mir, dass ich auch noch Lucía ertragen muss.

»Was hast du?«, fragt sie mich, sobald ich mich neben sie gesetzt habe. »Bist du sauer?«

Das fragt sie mich jeden Morgen. Manchmal glaube ich, sie macht das extra, nur um mich zu ärgern.

»Quatsch, ich hab nichts«, erwidere ich so abweisend wie möglich. Sie soll mich gefälligst in Ruhe lassen und für den Rest des Tages die Klappe halten.

»Ist ja gut, du brauchst dich nicht gleich aufzuregen«, sagt sie. Anscheinend hat sie die Botschaft verstanden. »Du bist wirklich unausstehlich!«

»Ich reg mich überhaupt nicht auf«, gifte ich sie an. »Kapiert?«

Endlich ist sie still.

Aber ich bin heute auf Krawall gebürstet.

»Mein Vater hat ein neues Buch begonnen«, sage ich nach ein paar Minuten.

»Ach ja?«, ruft sie interessiert. »Einen neuen Roman?«

»Ja«, antworte ich, ohne sie anzusehen. »Er hat schon viele Seiten geschrieben.«

»Wie cool! Wovon handelt er? Wann ist er damit fertig?«

Ich tue geheimnisvoll und warte eine Weile, bevor ich antworte.

»Na ja«, sage ich schließlich gedehnt, »du weißt ja, so was ist streng geheim.«

»Ist die Hauptperson ein Mädchen?«

»Darüber darf ich nicht sprechen«, flüstere ich. »Tut mir leid.«

Wie gesagt, ich bin heute schlecht drauf. Deswegen behandle ich sie so. Vielleicht wird meine Laune dadurch besser.

»Ich würde es so gerne lesen«, sagt sie beinahe flehend.

»Dann musst du warten, bis es rauskommt«, erkläre ich bestimmt. »Musst dich wohl noch ein wenig gedulden.«

»Ich würde es aber gerne gleich lesen …«

»Bist du verrückt? Man darf eine Geschichte nicht lesen, während sie geschrieben wird«, weise ich sie zurecht. »Das bringt Unglück.«

In diesem Augenblick trifft mich ein Papierkügelchen am Kopf.

»Au!«, schreie ich.

»Was ist da los?«, fragt der Lehrer und schaut zu mir herüber.

Ich bin aufgesprungen, ohne es zu merken.

»César … Hör bitte auf, deine Mitschüler vom Unterricht abzulenken.«

»Ich …«

»Setz dich wieder hin und verhalte dich still«, ermahnt mich der Lehrer und wendet sich wieder der Tafel zu.

Ich setze mich hin und rühre mich nicht mehr.

Doch da trifft mich ein zweites Papierkügelchen am Hals. Plopp!

Diesmal springe ich auf, um zu sehen, wer es war.

Leider fallen dabei meine Bücher und meine Tasche auf den Boden … Die ganze Klasse fängt an zu lachen.

»Was ist denn jetzt schon wieder?«, ruft der Lehrer und sieht mich böse an.

»Lorenzo hat mir ein Papierkügelchen an den Hals geschossen«, sage ich und zeige auf den Übeltäter.

»Er lügt, Señor González«, schreit Lorenzo und springt ebenfalls auf.

»César! Du verlässt auf der Stelle die Klasse!«, befiehlt der Lehrer. »Nach der Pause kannst du wieder reinkommen.«

Widerspruchslos gehe ich hinaus. Die anderen grinsen schadenfroh.

Draußen setze ich mich auf die Steintreppe, die zum Schulhof führt. Ich versuche, mich zu beruhigen, aber es gelingt mir nicht. Ich bin stinksauer. Ich stehe auf und laufe ein paar Runden auf dem Schulhof, bis die anderen zur Pause herauskommen.

Kaum erblickt mich Lucía, kommt sie auch schon angerannt.

»Hey! Was machst du denn da?«

»Ich laufe. Um mich abzuregen.«

»Darf ich mitlaufen?«, fragt sie und kommt näher.

»Von mir aus ... Aber ich warne dich, ich bin ziemlich schlecht drauf.«

»Ist mir egal. Ich muss mir dir reden.«

»Beim Laufen redet man nicht«, erwidere ich.

»Wird es ein richtiger Roman?«

Ich gebe keine Antwort.

»Der Roman deines Vaters«, fährt sie fort, »ist er sehr dick?«

»Woher soll ich das wissen? … Hast du nicht zugehört? Er ist noch nicht fertig.«

»Ja, aber wenn er fertig ist … wird das dann eine lange Geschichte, mit vielen Seiten?«

»Geht dich das was an?«

»Nein, aber es interessiert mich eben. Ich mag nämlich dicke Bücher, weißt du …«

Ich laufe etwas schneller, um sie loszuwerden.

»Renn doch nicht so!«, keucht sie hinter mir her.

Ich kümmere mich nicht um sie und lege noch einen Gang zu.

»Sieh an, wen haben wir denn da?«

Lorenzo, der mit den Papierkügelchen, stellt sich mir in den Weg. Zwei weitere Jungen kommen dazu.

»Wo willst du denn so schnell hin?«

»Lasst mich in Ruhe«, entgegne ich. »Ich will keinen Streit.«

»Ach nein? Eben in der Klasse warst du aber mutiger!«, sagt Lorenzo.

»Er wollte wohl vor den Mädchen den Helden spielen«, lacht der zweite.

»Und er ist ’ne Petze!«, setzt der dritte hinzu.

Ich bin stehen geblieben. Mir zittern die Knie.

»Und was jetzt?«, fragt Lorenzo herausfordernd.

»Ich will keinen Streit«, wiederhole ich. »Ich will nur …«

»Du bist ein Feigling!«, sagt Lorenzo und hält mich am Hemd fest.

Plötzlich stürzt ein Schatten hinter meinem Rücken hervor und tritt Lorenzo gegen das Schienbein … Lucía!

»Wenn hier einer ein Feigling ist, dann bist du das!«, schreit sie ihn an.

Lorenzo und seine Freunde weichen einen Schritt zurück.

»Was mischst du dich in Sachen ein, die dich nichts angehen?«, brüllt Lorenzo.

»Weil mir danach ist!«, ruft sie, ohne sich einschüchtern zu lassen.

»Wir sind mehr als ihr«, stellt einer der drei Jungen fest. »Wir können euch …«

Weiter kommt er nicht. Lucía versetzt ihm einen Stoß gegen die Brust, der ihn beinahe zu Boden wirft.

Ich baue mich neben ihr auf und nehme die Fäuste hoch. Wie ein Boxer. Ich weiß, dass das ziemlich sinnlos ist, ich kann nämlich überhaupt nicht boxen. Aber etwas anderes fällt mir nicht ein.

»Gehen wir«, fordert Lorenzo seine Freunde auf. »Den nehmen wir uns ein andermal vor.«

»Verlass dich drauf«, fügt der eine hinzu, der von Lucía fast umgestoßen worden ist, »wir werden dir die Petzerei schon noch abgewöhnen!«

Es klingelt, die Pause ist zu Ende. Alle gehen wieder in ihre Klassen zurück.

»Danke, Lucía«, sage ich, als wir nebeneinander die Treppe hinaufgehen. »Das war sehr mutig von dir. Wenn du nicht gewesen wärst …«

»Lorenzo ist ein Feigling, der sich nur dann stark fühlt, wenn seine Freunde dabei sind«, antwortet sie und schenkt mir ein Lächeln.

»Hör mal«, setze ich zögernd hinzu, »ich … ich wollte nicht gemein zu dir sein. Aber … du machst mich irgendwie aggressiv.«

»Ja, ich weiß … Ich mache alle Leute aggressiv. Ich glaub, ich bin wirklich etwas nervig«, sagt sie leise und sieht zu Boden.

»Und du fragst immer so viel …«

»Ja, ja, ich weiß … entschuldige«, erwidert sie. »Ich hätte dich mit dem Buch deines Vaters nicht so löchern sollen.«

Wir gehen in unsere Klasse. Der Lehrer wirft mir einen tadelnden Blick zu, der mich nervös macht. Ich glaube, er hat mir noch nicht verziehen. Es ist also besser, vorsichtig zu sein.

Der Unterricht beginnt, und niemand ärgert mich. Lorenzo beschießt mich nicht mehr mit Papierkügelchen. Seine Freunde sehen mich nicht mal an. Außerdem hat Lucía wohl beschlossen, sich zusammenzureißen und mich nicht mehr mit ihren Fragen zu löchern.

Ich muss zugeben, dass Lucía ein mutiges Mädchen ist. Wenn sie sich in der Pause nicht eingemischt hätte, weiß ich nicht, was passiert wäre. Sie hat sich wirklich super verhalten … Wenn sie nur nicht so nervig wäre …

»Schluss für heute!«, verkündet der Lehrer. »Bis morgen!«

»Ich lauf dann mal los«, sagt Lucía zu mir. »Ich hab's eilig.«

Ich halte sie am Arm zurück und raune ihr zu:

»*Das unsichtbare Buch.*«

»Was?«, fragt sie verständnislos.

»Der Roman meines Vaters«, erkläre ich. »Er heißt *Das unsichtbare Buch.*«

Überrascht sieht sie mich an.

»*Das unsichtbare Buch*!«, ruft sie. »Was für ein Titel!«

»Danke noch mal«, sage ich und lasse ihren Arm los.

Lucía eilt davon, und ich halte nach meinem Bruder Javier Ausschau.

Das Abendessen zu Hause verläuft ruhig. Danach steht mein Vater vom Tisch auf und geht in sein Arbeitszimmer, um an seinem Roman weiterzuschreiben, während wir noch ein wenig fernsehen.

Der Film ist zu Ende. Bevor ich mich schlafen lege, gehe ich ins Badezimmer und putze mir die Zähne.

Als ich herauskomme, sehe ich, dass die Tür zu Papas Arbeitszimmer einen Spalt breit offen steht ... Ich schleiche auf Zehenspitzen näher und spähe hinein.

Im Zimmer herrscht Halbdunkel. Auf dem Schreibtisch steht eine kleine Lampe, die das Heft und die Tastatur erhellt. Mein Vater sitzt vor dem eingeschalteten Bildschirm und tippt unaufhörlich. Rechts neben ihm surrt leise der Drucker … und spuckt Blätter aus, die sich sanft auf die Ablage legen.

3

Heute hat Lucía noch fast gar nicht mit mir geredet. Komisch. Hoffentlich ist sie nicht sauer auf mich.

»Hast du was?«, frage ich sie.

»Nein, heute ist nur nicht mein Tag.«

»Ist es vielleicht wegen mir …?«, bohre ich weiter.

»Lass mich in Ruhe! Ich hab keine Lust zu reden. Mit niemandem! Außerdem will ich dir nicht mehr auf die Nerven gehen.«

Meine Mutter sagt, dass man wissen muss, wann man schweigen soll. Ich werde also den Mund halten. Ehrlich, ich werde es versuchen.

»Wenn du willst, lade ich dich nach der Schule in die Eisdiele ein«, schlage ich ihr nach einer Weile vor.

»Ich kann nicht, ich muss gleich den Bus nehmen«, sagt sie ziemlich gleich-gültig.

»Du könntest doch deine Mutter anrufen und ihr sagen, dass du später kommst. Und hinterher bring ich dich nach Hause.«

»Hör zu, César! Ich habe heute wirklich keine Lust zu reden. Ich hab schlechte Laune, alles geht total daneben. Außerdem habe ich mich heute Morgen mit Mama gestritten. Ich glaube nicht, dass sie mir erlaubt, später nach Hause zu kommen, verstehst du?«

»Du hast dich mit deiner Mutter gestritten?«, hake ich neugierig nach.

Als ich merke, dass sie nicht antworten will, beschließe ich, erstmal nichts mehr zu sagen. Ich glaube, das ist das Beste.

»Ich möchte dir was zeigen«, sage ich noch, bevor ich mich endgültig in Schweigen hülle.

Aber sie hört mir nicht zu. Sie scheint wirklich eine Stinklaune zu haben.

Den ganzen Tag hat sie nicht ein einziges Mal den Mund aufgemacht, und in der Pause ist sie mir aus dem Weg gegangen.

Dann ist der Unterricht endlich zu Ende, und der Lehrer schickt uns nach Hause. Ich gehe eilig hinaus, renne die Treppe hinunter und stelle mich neben den Bus, der Lucía nach Hause bringen soll.

Kurz darauf kommt Lucía. Sie geht langsam und sieht traurig aus. Als sie an mir vorbeigehen will, strecke ich den Arm aus und sage: »Hier, sieh mal!«

Überrascht bleibt sie stehen und blickt auf die Blätter, die ich ihr vor die Nase halte.

Als sie liest, was auf der ersten Seite steht, hellt sich ihr Gesicht auf.

»*Das unsichtbare Buch*!«, ruft sie schließlich.

Ich bewege mich nicht, sage nichts, blinzle nicht einmal.

»Das ist ja der Roman deines Vaters!«, ruft sie begeistert. »Du hast ihn mir mitgebracht!«

»Willst du ihn lesen?«, frage ich.

Sie ist sprachlos. Sie hält die Hand vor den Mund und schaut sich nach allen Seiten um. Offensichtlich ist mir die Überraschung gelungen.

»Komm, wir gehen in die Eisdiele«, bringt sie schließlich heraus. »Von dort aus kann ich auch meine Mutter anrufen.«

»Das hab ich dir doch heute Morgen schon vorgeschlagen!«

Keine Antwort. Sie packt mich am Arm und schleppt mich geradezu in die Eisdiele.

»Setz dich schon mal«, fordert sie mich auf, »und bestell mir ein Vanilleeis mit Schokolade. Ich bin gleich wieder da.«

Ich setze mich an einen der Tische und warte darauf, dass der Kellner kommt und mich fragt, was wir wollen.

Ich gebe zu, dass ich ein wenig aufgeregt bin. Zum ersten Mal in meinem Leben werde ich mit einem Mädchen Eis essen. Es ist auch das erste Mal, dass ich zusammen mit einem Mädchen ein Buch lesen werde. Und gestern hat mich zum ersten Mal ein Mädchen bei einer Prügelei verteidigt. Na ja, schließlich gibt es für alles ein erstes Mal, nehme ich an …

Obwohl ich zugeben muss, dass ich vor allem deshalb nervös bin, weil ich wahrscheinlich gleich etwas laut vorlesen muss. Bei dem bloßen Gedanken daran fange ich an zu schwitzen, und mir zittern die Hände.

Der Kellner steht vor mir und schaut mich böse an.

»Hier werden keine Hausaufgaben gemacht«, schnauzt er.

»Wir machen keine Hausaufgaben, wir wollen nur was lesen.«

»Das hier ist keine Bücherei«, kontert er.

»Es dauert nicht lange«, verspreche ich. »Wir sind gleich wieder weg.«

»Ich nehme an, ihr wollt was bestellen, oder?«

»Zwei Vanilleeis mit Schokolade.«

»Klein oder groß?«

»Groß. Ja, zwei große Becher Vanilleeis mit Schokolade … mit viel Schokolade«, füge ich hinzu.

Der Kellner sieht mich an, als hätte er mich nicht verstanden. Vielleicht glaubt er, ich wolle ihn auf den Arm nehmen. Wie soll ich ihm nur erklären, was los ist, dass ich supernervös bin und deshalb so viel rede!

»Mit Kirschen?«, fragt er, während er die Bestellung notiert.

»Mmmm … Ich glaube, ja.«

»Glaubst du, oder bist du sicher?«

»Ja, mit Kirschen.«

»Für beide oder nur für dich?«, fragt er weiter.

»Für beide«, entscheide ich. »Eine Kirsche auf jedem Eis.«

Ich weiß nicht, warum, aber der Typ macht mich noch nervöser, als ich sowieso schon bin.

»Macht sechs Euro fünfzig«, sagt er und legt den Bon auf den Tisch. »Sofort bezahlen.«

Ich fische mein Geld aus der Hosentasche, bin mir aber nicht sicher, ob es reicht. Während ich die Münzen zähle, lächle ich den Kellner freundlich an. Ich bin drauf und dran, ihn im Scherz zu fragen, wie viel Rabatt er mir gibt, wenn er die Kirschen weglässt. Doch ich beherrsche mich, um ihn nicht noch mehr zu reizen.

»Hast wohl nicht genug Geld dabei, was?«, fragt er grinsend. »Wenn du willst, lass ich die Kirschen weg, dann wird's etwas billiger.«

Es ist, als hätte er meine Gedanken erraten. Und dabei wird immer behauptet, Kellner hätten keinen Humor!

Ich lächle ihn dankbar an. Allmählich werde ich ruhiger.

»Nicht nötig«, sage ich und lege die Münzen auf den Bon. »Ich hab genug Geld für zehn Kirschen.«

Das findet er jetzt aber nicht lustig. Er

wirft mir einen tödlichen Blick zu, nimmt das Geld und verschwindet.

»Ist was?«, fragt Lucía und setzt sich mir gegenüber. »Du bist ja so blass.«

»Ja, ich bin nervös«, antworte ich so natürlich wie möglich.

»Ich auch«, sagt sie und reibt sich die Hände. »Ich bin ganz aufgeregt.«

»Was hat deine Mutter gesagt?«, erkundige ich mich.

»Nichts. Sie ist nicht zu Hause. Ich habe ihr eine Nachricht auf dem Anrufbeantworter hinterlassen.«

»Ich hoffe, sie wird nicht sauer«, sage ich in besorgtem Ton. »Nicht dass du wegen mir ...«

»Red keinen Quatsch und hol die Seiten raus! Ich sterbe vor Neugier.«

Ich lächle ihr zu und mache meine Tasche auf.

»Es sind erst wenige Seiten«, sage ich entschuldigend. »Ich weiß nicht, ob das was bringt ...«

»Hör auf mit dem Blödsinn und fang endlich an zu lesen!«

»Soll ich vorlesen?«

»Jeder liest eine Seite. Los, du fängst an.«

Jetzt bin ich wirklich nervös. Wenn ich gewusst hätte, dass ich den Text tatsächlich laut vorlesen muss, dann …

»Los, fang schon an!«, drängt sie mich.

Mir bleibt wohl keine Wahl. Ich muss lesen, also beginne ich: »*Das unsichtbare Buch*, von César …«

»Ein unglaublicher Titel«, unterbricht mich Lucía.

»Wieso unglaublich?«, frage ich und starre auf die Seite.

»Hast du in deinem Leben jemals ein unsichtbares Buch gesehen?«, fragt sie zurück.

»Na ja … Jetzt, wo du es sagst … Ich glaube, nein.«

»Glaubst du, oder bist du dir sicher?«, fragt sie spöttisch.

»Na ja, also … Ja, ich bin mir sicher. Ich habe noch nie ein unsichtbares Buch gesehen«, sage ich entschieden. »Unsichtbare Bücher gibt es nämlich nicht.«

»Und woher weißt du das, he? Woher weißt du, dass es keine unsichtbaren Bücher gibt, nur weil du noch keins gesehen hast?«

»Ich habe noch keins gesehen, weil es sie nicht gibt«, beharre ich.

»Du hast noch keins gesehen, weil sie unsichtbar sind«, entgegnet sie überzeugt.

»Zwei große Vanilleeis mit viel Schokolade und je einer Kirsche«, sagt der Kellner, als er die Becher vor uns auf den Tisch stellt.

Der Anblick der beeindruckenden Eisbecher verschlägt mir die Sprache. Ich vergesse glatt, »Danke« zu sagen. Aber der Kellner hat mir auch keine Zeit dazu gelassen, so schnell ist er wieder verschwunden.

»Was für Riesenbecher!«, rufe ich begeistert und reiße die Augen weit auf. »Unglaublich! Obwohl ... *die* sind ja sichtbar!«

»Das macht dir wohl Spaß, he?«, fragt Lucía, als wolle sie mir einen Vorwurf machen.

»Sieh mal, die Schokolade, wie sie da runterläuft! Und die Kirschen ... Man kann das Eis kaum sehen ... Sei ehrlich, so ein unsichtbares Eis hast du noch nie gesehen, oder?«, versuche ich zu scherzen.

Lucía geht nicht darauf ein. Sie sieht mich fast verächtlich an.

»Sollte ein Witz sein ... Unsichtbares

Eis gibt es nicht. Es gibt überhaupt keine unsichtbaren Dinge«, sage ich und fange an zu essen.

»Du glaubst wohl nur an das, was du siehst«, bemerkt sie leise.

»Und an das, was ich essen kann«, entgegne ich und lasse mir die Schokolade schmecken. »Lecker! Probier mal, dann weißt du, was ich meine.«

»Wenn du nicht an unsichtbare Dinge glaubst, kannst du das Buch gar nicht lesen«, entscheidet sie und nimmt die Seiten in die Hand. »Ich fang schon mal an zu lesen, du bist ja für alles außer Eis blind.«

Das war Rettung in letzter Sekunde! Jetzt werde ich langsam etwas ruhiger.

»Hör gut zu«, sagt sie, »hier kommt die Geschichte:

Vor mehr als eintausend Jahren, im vergessenen Königreich von Navar, schrieb jemand ein unsichtbares Buch. Doch es ging verloren, und so konnte es niemand lesen. Die Jahrhunderte vergingen und das Buch blieb verschwunden, bis alle Welt es vergessen hatte. Vom Wind in die Lüfte erhoben und vom Wasser mitgeris-

sen, durchquerte es unbemerkt das ganze Königreich. Hin und wieder gab ihm jemand aus Versehen einen Tritt, schüttete einen Eimer Wasser über ihm aus oder warf es auf die Straße, wo Pferde darauftrampelten und Kutschen darüberfuhren. Doch das Buch, das aus einem sehr festen Material gemacht war, überstand all diese Widrigkeiten heil und unbeschädigt.«

Sie hört auf zu lesen und seufzt mit verträumtem Lächeln: »Das ist unglaublich!«

»Ja, hab ich dir doch gleich gesagt«, antworte ich und mache mich wieder über mein Eis her.

»Magst du es denn nicht? Interessiert es dich gar nicht?«, fährt sie mich plötzlich an, als könne sie es nicht fassen.

»Natürlich mag ich es«, sage ich und schiebe mir die Kirsche in den Mund.

»Ich meine das Buch, nicht das Eis!«

»Also wirklich, kein Grund sich gleich so aufzuregen«, antworte ich abwehrend.

»Dann pass auf und hör zu:

Doch eines Tages schließlich stolperte Hanna, die Tochter des Königs Ignacius, über das Buch und fiel eine Treppe hinunter.

›Was war das?‹, fragte sie sich überrascht.

Sie suchte den Boden ab, hob den Teppich hoch, doch sie sah nichts.

›Seltsam!‹, murmelte sie. ›Ich könnte schwören, ich wäre über irgendetwas gestolpert.‹

Überzeugt davon, dass irgendein Gegenstand sie zu Fall gebracht hatte, fuhr sie mit der Hand über den Boden, bis …

›Was ist denn das? Es scheint ein Päckchen … oder ein Kistchen zu sein …‹

Vorsichtig hob sie den merkwürdigen Gegenstand auf und hielt ihn in beiden Händen.

›Was das wohl sein mag?‹, fragte sie sich neugierig. ›Es ist nicht schwer, und groß ist es auch nicht. Und es fühlt sich so angenehm an …‹

Prinzessin Hanna fühlte sich seltsam angezogen von dem unbekannten Ding und beschloss, nicht eher zu ruhen, bis sie herausgefunden hätte, was es war.«

Lucía hört wieder auf zu lesen. Nach einem weiteren Löffel Vanilleeis mit

Schokolade hebe ich den Kopf. Ihr Gesicht hat einen Ausdruck, den ich noch nie bei ihr gesehen habe. Sie ist so verzaubert von der Geschichte, dass sie fast … Ja, tatsächlich, sie sieht richtig hübsch aus.

4

Das Eis gestern war einfach herrlich.

Obwohl Lucía ein bisschen sauer war, weil ich mich nicht für die Geschichte des unsichtbaren Buches interessiert habe, war es ein sehr schöner Nachmittag. Auch wenn Lucía alles alleine gelesen hat und ich beinahe auch noch ihr Eis essen musste.

Als ich gestern Abend nach Hause gekommen bin, habe ich die Seiten auf Papas Schreibtisch zurückgelegt … Niemand hat etwas gemerkt.

Ehrlich gesagt, die Geschichte ist ziemlich merkwürdig. Ich weiß nicht, wie einer auf die Idee kommt, ein unsichtbares Buch zu schreiben, das niemand liest. Wozu soll es gut sein, wenn es niemand sehen kann?

Das Eis dagegen konnte man sehr gut sehen. Es hat vor mir gestanden, daran gab es keinen Zweifel. Ich konnte es berühren … und essen!

Ich glaube, eine Eisdiele ist der richtige Ort, um Geschichten über unsichtbare Bücher zu lesen … oder über was auch immer.

Lucía war heute nicht in der Schule. Komisch. Vielleicht ist ihr von dem Eis schlecht geworden. Die Becher waren wirklich sehr groß.

Irgendwie habe ich sie vermisst. Ich habe mich fast gelangweilt ohne sie. Ja, ja, ich weiß, es ist kaum zu glauben.

»Wie war's heute in der Schule?«, fragt mich mein Bruder auf dem Nachhauseweg.

»Gut … normal«, antworte ich. »Heute hat mich niemand geärgert … Hör mal, Javier … glaubst du an Dinge, die man nicht sehen kann?«

»Du etwa nicht?«, fragt er wie aus der Pistole geschossen.

»Du schon?«, frage ich erstaunt.

»Du bist bestimmt der einzige Mensch, der nicht an unsichtbare Dinge glaubt«, stellt er fest.

»Quatsch! Unsichtbare Dinge gibt es nicht.«

»Ach nein? Es gibt keine Kobolde? Und Feen? Und Zauberer?«

Jetzt hat er mich auf dem falschen Fuß erwischt! Daran hatte ich nicht gedacht.

»Ich rede aber von Gegenständen … von Büchern zum Beispiel. Kann es unsichtbare Bücher geben?«

»Mann, wenn sie unsichtbar sind, kann man ja nicht wissen, ob es sie gibt … Aber ich glaube, ja … Verstehst du?«

»Verstehe«, sage ich resigniert.

»Genau das meine ich.«

Jetzt glauben plötzlich alle an unsichtbare Dinge, nur ich nicht. Anscheinend leben wir in einer Welt, die voll ist von Dingen und Personen, die man nicht sehen kann.

»Soll ich dir was sagen?«, fragt mich Javier mit seinem unschuldigsten Gesicht.

»Nur zu«, antworte ich ganz ruhig. »Was du willst.«

»Werd nicht gleich sauer, César, aber ich glaube, du bist ein bisschen dumm.«

»Was?« Mir bleibt die Spucke weg.

»Na ja, nicht viel, nur ein bisschen«, sagt er kleinlaut und blickt an mir vorbei ins Leere.

Echt, genau wie ich schon lange vermutet habe: Es gibt Dinge an *mir*, die unsichtbar sind.

»Du meinst also, ich bin dumm, weil ich nicht an unsichtbare Dinge glaube?«, frage ich ihn säuerlich.

»Nein. Du bist dumm, weil du sichtbare Dinge nicht von unsichtbaren unterscheiden kannst. Weil du nicht kapierst, welche es wirklich gibt und welche nicht«, versucht er mir zu erklären.

»Hör mal, du kleine Rotznase, ich weiß ganz genau, was der Unterschied ist zwischen …«

»Nein, weißt du eben nicht! Du bist sauer auf Papa, weil wir ständig umziehen müssen. Das ist das Einzige, was du siehst.«

»Und? Stimmt das etwa nicht? Schleppt er uns etwa nicht von einer Stadt in die andere, als wenn …«

»Aber du kapierst nicht, dass er das braucht, um seine Geschichten zu schreiben!«

Ich bleibe stehen und sehe meinen Bruder an. Ich bin so überrascht, dass ich nicht mal sauer werde.

»Ich sag das nicht, um dich zu ärgern«, erklärt Javier, indem er die Hand hebt und das Friedenszeichen macht, wie die Indianer im Film.

Ich quäle mir ein Lächeln ab, damit er sieht, dass ich Kritik durchaus vertragen kann. Aber so richtig gelingt mir das wohl nicht, denn er dreht sich plötzlich um und läuft davon. Lässt mich einfach mitten auf der Straße stehen!

Das ist für mich schlimmer als eine kalte Dusche. Schlimmer als die kalte Dusche nach dem Sportunterricht.

Zu Hause angekommen, gebe ich Mama einen Kuss.

»Hallo, César!«, begrüßt sie mich liebevoll. »Wie war es heute bei dir?«

»Gut«, sage ich nicht gerade begeistert. »Und Papa?«

»Er müsste gleich hier sein. Er war den ganzen Tag unterwegs, für seinen Roman ... Hoffentlich hat's was gebracht.«

Das Telefon klingelt. Javier, der schon länger zu Hause ist als ich, rennt hin und kommt uns zuvor.

»César! Für dich!«, schreit er aus dem Flur herüber. »Ein Mädchen!«

»Ein Mädchen?«, frage ich überrascht und sehe meine Mutter an. »Für mich? Bist du sicher?«

Javier knallt den Hörer auf das Tischchen und verschwindet.

»Hallo?«, frage ich schüchtern in den schwarzen Apparat.

»Ich bin's ... Lucía«, meldet sich eine laute, fröhliche Stimme.

»Lucía? Was für eine Lucía?«, wundere ich mich.

»Wie viele Lucías kennst du denn, hm?«

»Die aus der Schule?«, frage ich, obwohl ich die Antwort bereits kenne.

»Wenn du weiter vorhast, mich wie eine dumme Kuh zu behandeln, leg ich sofort auf ... Verstanden?«

»Wer hat dir unsere Telefonnummer gegeben?«, frage ich, um das Thema zu wechseln.

»Die Auskunft, du Dummkopf! Ihr wohnt ja erst seit Kurzem in der Stadt, deshalb steht ihr noch nicht im Telefonbuch. Also hab ich die Auskunft angerufen, und die hat mir die Nummer gegeben«, erklärt sie mir. »So schwer war das nun auch wieder nicht.«

»Aber du weißt doch gar nicht, auf welchen Namen der Anschluss eingetragen ist«, sage ich. Ich bin wirklich neugierig, wie sie das herausbekommen hat.

»Ich hab den Namen deines Vaters angegeben«, sagt sie, als wär's das Natürlichste der Welt.

»Und woher weißt du, wie mein Vater heißt?«

»Sein Name stand auf der ersten Seite des Romans. César Durango. So heißt er doch, oder?«

Heute ist einfach nicht mein Tag. Ständig stehe ich als Dummkopf da. Besser, ich stelle keine weiteren Fragen mehr.

»Hat dir das Buch gefallen?«, fragt Lucía, als ich nichts mehr sage.

»Meinst du *Das unsichtbare Buch*?«

Wieder so eine saublöde Frage!

Lucía gibt keine Antwort. Offenbar ist sie nicht mehr bereit, auf blöde Fragen zu antworten.

»Ja … Ich glaube, ja«, sage ich schließlich. »Nicht schlecht.«

»Nicht schlecht?«, schreit sie empört. »Du hältst es also für *nicht schlecht*?«

Ich glaube, ich hab schon wieder was falsch gemacht.

»Na ja, ich meine …«

»Wie kannst du so etwas von einer Geschichte sagen, die so … so … so … fantastisch ist?!«

»Jetzt übertreib mal nicht«, verteidige ich mich.

»Sag mal, hast du eigentlich schon viele Bücher in deinem Leben gelesen?«, fragt Lucía plötzlich.

»W… was?«, stottere ich. Diese Frage habe ich wirklich nicht erwartet. »Klar, ganz viele! Alle, die wir in der Schule lesen mussten.«

»Bist du sicher, dass du sie ganz gelesen hast? Und gerne?«

»Tja, also … ja … fast alle … praktisch alle …«

»Ich hab das Gefühl, dass du nicht besonders gerne liest«, sagt sie in tadelndem Ton. »Meinst du …«

»Entschuldige, aber ich muss jetzt auflegen … Wir essen gleich zu Abend, okay?«

»Gut, aber du musst mir noch mehr Seiten besorgen«, verlangt sie.

»Mehr Seiten?«

»Ja, von dem *Unsichtbaren Buch*! Oder soll ich etwa nur den Anfang lesen?«

»Wir sehen uns morgen in der Schule. Adiós!«

Dieses Mädchen ist ein Orkan, ein Wirbelsturm, ein Tornado! Großer Gott! Sie ist völlig verrückt, und jetzt will sie auch noch mich um den Verstand bringen. Sie will aus mir eine Leseratte machen! Sie will … Ach, was weiß ich, was die will! Ich hab ihr die ersten Seiten des Romans mitgebracht, weil sie mir bei der Sache mit Lorenzo und seinen Freunden geholfen hat … Und jetzt will sie plötzlich noch mehr Seiten … und dann noch mehr und immer mehr …

Was soll ich bloß machen?

»Hallo, zusammen!«, ruft mein Vater, der gerade durch die Tür hereinkommt. »Wie geht's?«

Er hat offensichtlich gute Laune.

»Hallo, Schatz«, sagt meine Mutter und gibt ihm einen Begrüßungskuss. »Wie war dein Tag heute?«

»Gut, sehr gut. Ich habe an meinem Roman weitergeschrieben. Die Geschichte ist wirklich fantastisch. Mir kommen immer neue Ideen. Das wird ein geniales Buch.«

Während des Abendessens redet Papa über nichts anderes als den Roman. Er scheint richtig begeistert zu sein. Wenn es weiter so gut laufe, sagt er, sei er bald fertig.

Meine Mutter und mein Bruder Javier folgen gebannt seinem Bericht, als würde er von etwas ganz Greifbarem reden. Sie merken gar nicht, dass sie von etwas sprechen, das es gar nicht gibt. Es ist schließlich nur eine Geschichte!

»Ich gehe noch ein wenig arbeiten«, sagt Papa, kaum dass er zu Ende gegessen hat. »Ich muss unbedingt alles abtippen, was ich mir heute ausgedacht habe.«

Die spinnen doch alle! Selbst Lucía hat sich davon anstecken lassen und denkt an nichts anderes mehr, als ein Buch zu lesen, das es noch gar nicht gibt.

Was für ein Wahnsinn!

5

»Ich hab dir noch ein paar Seiten mitgebracht.«

»Was hast du gesagt?«, fragt Lucía und legt die Hand ans Ohr. Offensichtlich habe ich zu leise gesprochen.

»Ich hab gesagt, dass ich dir noch ein paar Seiten des *Unsichtbaren Buches* mitgebracht habe.«

Jetzt scheint sie mich verstanden zu haben. Sie sieht mich ungläubig und gleichzeitig überglücklich an, was wirklich nicht leicht ist.

»Gib her, ich will es lesen.«

»Bist du verrückt? Wenn der Lehrer uns sieht, macht er uns fertig«, zische ich. »Du kannst es später lesen, nach der Schule, in der Eisdiele.«

»Hast du es schon gelesen?«, fragt sie.

»Nein, ich wollte es mit dir zusammen lesen«, antworte ich … und beiße mir sofort auf die Zunge. Das hätte ich nicht sagen dürfen!

Lucía wirft mir einen komplizenhaften Blick zu, der wohl bedeuten soll: So langsam kommst du auf den Geschmack, was?

Doch da täuscht sie sich. Das Ganze ist doch Schwachsinn! Und obwohl ich nicht so genau weiß, warum ich das alles mache, heißt das noch lange nicht, dass mir das Lesen Spaß macht. Überhaupt nicht! Vor allem macht es mir keinen Spaß, ein Buch zu lesen, das noch nicht zu Ende geschrieben ist und vielleicht nie zu Ende geschrieben wird. Lesen macht mir höchstens Spaß, wenn ich dabei Eis essen kann.

Es klingelt zur Pause.

»Nimm die Seiten mit!«, sagt Lucía im Befehlston. »Wir lesen sie jetzt gleich!«

»Jetzt? In der Pause?«, frage ich überrascht.

»Los! Tu, was ich dir sage!«

»Aber …«

»Wir haben keine Zeit, stundenlang darüber nachzudenken!«

Ich denke nicht. Ich mache meine Tasche auf und hole die Seiten heraus, die in einem großen Buch stecken. Dann renne ich hinter ihr her. Besser gesagt, ich lasse mich von ihr am Arm aus der Klasse ziehen.

Wir laufen die Treppe hinunter. Ich habe gedacht, wir würden auf den Schulhof gehen, doch schon gibt sie den nächsten Befehl: »Hier lang … Komm mit!«

»Wohin denn?«

Sie rennt die Kellertreppe hinunter. Ich beschließe, keine weiteren Fragen zu stellen.

»Los, beeil dich! Bevor uns jemand sieht …«, flüstert Lucía.

»Aber wir dürfen nicht in den Keller!«

»Eben, da stört uns keiner.«

Unten angekommen, schaltet Lucía das Licht ein. Wir gehen durch einen langen Gang, vorbei an mehreren Türen.

»Hier«, sagt sie und öffnet eine der Türen. »Geh da rein!«

»Was ist da?«

»Der Heizungsraum, aber keine Angst, es kommt schon keiner, um die Heizung anzumachen.«

»Das ist verboten!«, wiederhole ich.

»Das hier ist ein super Geheimversteck«, beruhigt sie mich und schließt die Tür hinter sich. »Hier sind wir sicher.«

Klar sind wir hier sicher! Keiner würde es wagen, hierherzukommen, nicht mal, wenn der dritte Weltkrieg ausbrechen würde. So etwas Verlottertes, Unheimliches und Einsames habe ich in meinem ganzen Leben noch nicht gesehen. Von der Decke hängen Spinnweben, über den Boden krabbeln Kakerlaken und bestimmt liegen Ratten auf der Lauer und beobachten uns.

»Wie findest du es? Schön, nicht? Man könnte meinen, wir wären in einem verwunschenen Schloss.«

Ich weiß ja, dass ich nicht viel Fantasie habe, aber ich glaube, Lucía übertreibt.

»Ich finde, das ist der richtige Ort, um *Das unsichtbare Buch* zu lesen. Los, fangen wir an«, drängt sie.

In der Mitte des Raumes steht ein kleiner Tisch mit zwei Stühlen. Lucía wischt den Staub von einem der Stühle und setzt sich.

»Setz dich da hin und fang an zu lesen. Jeder liest eine Seite, wie abgemacht.«

»Du hast sie nicht mehr alle«, sage ich immer noch fassungslos, während ich den anderen Stuhl abwische. »Und mich machst du auch noch ganz kirre.«

»Stell dich nicht so an und fang endlich an zu lesen! Wir haben nicht viel Zeit.«

Sie ist wirklich nicht zu bremsen. Du kannst sagen, was du willst – wenn sie sich etwas in den Kopf gesetzt hat, kann sie nichts mehr davon abbringen.

»Ist ja gut«, gebe ich nach, »ich fang ja schon an:

Hanna trennte sich niemals von dem unsichtbaren Buch.

Sie spielte mit ihm und dachte sich Streiche aus. Sie legte es auf den Boden, damit die Leute aus dem Palast darüber stolperten. Sie vergnügte sich mit ihm, ohne zu wissen, was es war. Doch eines Tages hob sie es auf, nachdem der Botschafter der Nebelinseln, der sich zu einem offiziellen Besuch im Palast aufhielt, darüber gestolpert war. Da plötzlich wurde ihr klar, was es war.

›Ein Buch!‹, rief sie erstaunt, während jedermann sah, dass sie mit leeren Händen umherlief. ›Es ist ein Buch!‹

Als der König sah, dass sie mit sich selbst sprach, machte er sich große Sorgen, anstatt sie wegen ihres Streiches zu schelten.

›Meine Tochter muss den Verstand verloren haben‹, sagte er zu dem Botschafter, während er ihm wieder auf die Beine half. ›Bitte entschuldigt sie.‹

Hanna lief in ihr Zimmer, das ganz oben im Hauptturm lag, und dachte über das Buch nach.

›Ob wohl etwas drinsteht?‹, fragte sie sich.

Sie nahm das Buch in beide Hände und schlug es auf. Sie hielt es in das Licht der Mittagssonne, die durch das Fenster hereindrang, und versuchte herauszufinden, ob auf den unsichtbaren Seiten etwas geschrieben stand.«

»Und, stand was drin?«

»Was?«, frage ich.

»Ob was drinstand«, wiederholt Lucía ungeduldig.

»Warte, lass mich weiterlesen«, antworte ich. »Nein, anscheinend ist auf den Seiten absolut nichts zu sehen.«

»Dann sind sie also leer?«

»Das weiß man nicht, nur dass Hanna nichts sieht«, erkläre ich.

»Wenn sie nichts sieht, dann gibt es auch nichts zu sehen«, sagt Lucía.

»Nerv mich nicht, Lucía ...«

»Gib her, jetzt bin ich an der Reihe«, sagt sie und nimmt mir die Blätter aus der Hand.

»He! Ich bin noch nicht fertig ...«

»Sei still! Sei still und hör einfach zu:

Hanna war sehr enttäuscht, als sie feststellte, dass auf den Seiten des seltsamen Buches nichts zu sehen war, weder Buchstaben noch Zeichnungen.

›Natürlich, man kann nichts sehen, weil es ein unsichtbares Buch ist‹, sagte sie sich. ›Ich muss es sichtbar machen, und dann werde ich es lesen können.‹«

»Sag mal, Lucía, weißt du, wie man ein unsichtbares Buch lesen kann?«, unterbreche ich sie.

»Keine Ahnung, ich hab noch nie ein unsichtbares Buch in der Hand gehabt«, antwortet sie. »Aber lass mich weiterlesen:

Doch Hanna verzweifelte an dieser Aufgabe. Sie aß nicht mehr, sie spielte nicht mehr und sie ging auch nicht mehr zu dem Unterricht ihrer Privatlehrer, denn sie dachte an nichts anderes als an das unsichtbare Buch.

›Meine Tochter ist besessen‹, berichtete der König eines Tages dem Hofnarren, einem Zwerg. ›Du musst sie ablenken. Bring sie zum Lachen, damit sie auf andere Gedanken kommt!‹

›Meinen Scherzen kann niemand widerstehen‹, antwortete der Zwerg überzeugt. ›Ich kann jemanden dazu bringen, sich totzulachen, wenn es gewünscht wird …‹

›Also gut, dann sorge dafür, dass meine Tochter wieder zu Verstand kommt … wenn du Wert darauf legst, deinen Kopf zu behalten‹, befahl König Ignacius.«

»Eltern sind doch alle gleich«, unterbreche ich Lucía wieder. »Immer müssen sie sich in die Angelegenheiten ihrer Kinder einmischen.«

»Aber der König macht sich große Sorgen um seine Tochter, das musst du doch verstehen«, widerspricht sie. »Immerhin ist sie die Prinzessin!«

»Also, ich bin kein Prinz, aber mein Vater mischt sich trotzdem immer in meine Angelegenheiten ein.«

»Meine Mutter auch«, sagt Lucía. »Aber sie nennt mich auch immer Prinzessin.«

»Deine Mutter nennt dich Prinzessin?«

»Na ja ... manchmal.«

»Los, lies weiter!«, dränge ich.

Ich muss sagen, dass die Geschichte interessant zu werden beginnt. Während ich Lucía zuhöre, wird mir klar, dass das *Unsichtbare Buch* ein spannendes Abenteuer ist. Ich glaube, mein Vater ist ein toller Geschichtenerzähler. Auch wenn es mir schwerfällt, das zuzugeben.

Lucía und ich lesen immer abwechselnd eine Seite. Oder vielleicht sollte ich besser sagen: Wir verschlingen sie.

»Das war's!«, ruft Lucía plötzlich. »Mehr Seiten haben wir nicht.«

»Und was machen wir jetzt?«, frage ich.

»Noch mehr besorgen«, sagt meine Freundin. »Morgen musst du die nächsten Seiten mitbringen.«

»Das ist leicht gesagt«, erwidere ich. »Jetzt müssen wir erst mal zurück in die Klasse.«

»Aber versprich mir, dass du morgen mehr Seiten mitbringst!«

»Das ist nicht so einfach«, antworte ich.

»Wenn mein Vater mich erwischt, weiß ich nicht, was passiert.«

»Hör auf zu jammern, für Hanna ist es noch viel schwerer als für dich.«

»Ja, da hast du recht … Glaubst du, sie wird das unsichtbare Buch am Ende lesen können?«, frage ich gespannt.

»Kann schon sein … Wenn sie jemanden findet, der ihr dabei hilft … Der Zwerg hatte jedenfalls keinen Erfolg«, stellt sie bedauernd fest.

»Ja, der König ist sehr böse auf ihn. Ich glaube, er wird ihm den Kopf abschlagen und ihn auf den Zinnen des Schlosses aufspießen lassen, damit die Aasgeier ihn fressen.«

»Hofnarr zu sein ist gar nicht so leicht. Wenn du die Leute nicht zum Lachen bringst, stirbst du«, sagt sie und macht die Geste des Halsabschneidens. »Ratsch!«

Ich glaube, Lucía übertreibt mal wieder, aber im Grunde hat sie recht: Es ist sehr schwer, Leute zum Lachen zu bringen.

»Was macht ihr denn hier?«

In der Tür des Heizungsraums steht Lorenzo mit drei Freunden. Sieht aus, als wollten sie uns den Weg versperren.

»Geht dich das was an?«, faucht Lucía.

»Seht euch die Turteltäubchen an! Kommen hierher und lesen sich Liebesbriefe vor!«

»Wie Romeo und Julia«, ergänzt einer seiner Freunde.

»Du hast ja keine Ahnung«, entgegnet Lucía. »Romeo und Julia lesen sich keine Liebesbriefe vor.«

»Außerdem haben wir uns keine Liebesbriefe vorgelesen«, sage ich und zeige mit dem Finger in seine Richtung.

»Ach nein?«, lacht Lorenzo und kommt zu uns an den Tisch. »Was habt ihr denn gelesen?«

»Das geht dich nichts an, und …«

Aber es ist schon zu spät! Lorenzo hat sich die Seiten des *Unsichtbaren Buches* gegriffen und liest laut vor.

»Hört euch das an!

Hanna beschloss, jemanden zu suchen, der ihr helfen konnte, das unsichtbare Buch sichtbar zu machen. Aber sie wusste nicht, an wen sie sich wenden sollte …«

»Gib das her«, schreit Lucía und stürzt sich auf ihn. »Gib das sofort her!«

Und schon ist die schönste Prügelei im Gange. Lucía gibt Lorenzo eine Ohrfeige und verpasst ihm einen Schlag gegen die Brust. Ich balle die Fäuste, um mir die anderen vom Leib zu halten. Doch bevor ich weiß, wie mir geschieht, liege ich auch schon auf dem Boden. Lorenzo springt auf den Tisch und schreit:

»Hier, seht mal, was ich mit eurer Geschichte mache!«

Und er fängt an, die Seiten des *Unsichtbaren Buches* zu zerreißen! Ich versuche, aufzustehen und ihn daran zu hindern; aber die anderen halten mich fest, und ich muss noch ein paar weitere Schläge einstecken. Lucía zerrt Lorenzo wütend am Bein.

Alles scheint verloren, als plötzlich ein greller Pfiff ertönt. Der Hausmeister! Angelockt von unserem Geschrei, kommt er in den Heizungsraum gestürzt.

6

Der Direktor versucht, die zerfetzten Seiten des *Unsichtbaren Buches* auf seinem Schreibtisch zusammenzufügen. Doch es gelingt ihm nicht, sie zu ordnen.

Lucía und ich sehen uns bedrückt an, während wir ängstlich und eingeschüchtert in dem Büro sitzen. Der Direktor sagt, wir sind selbst schuld, schließlich hätten wir nicht in den Heizungsraum hinuntergehen dürfen.

Lorenzo und seine Freunde behaupten natürlich, wir hätten mit der Prügelei angefangen. Klar, sie sind zu viert, ihnen glaubt man mehr als uns.

»Das unsichtbare Buch ... Prinzessin Hanna ... der Hofnarr ... das Schloss von König Ignacius ...«, murmelt der Direktor und starrt auf die Papierfetzen, die sich nicht mehr ordnen lassen. »Was ist das für ein Unsinn?«

Lucía und ich ziehen es vor, nichts zu sagen. Wir senken beide den Blick.

»Lies mir das hier mal vor, César«, sagt der Direktor und hält mir eine zerknitterte Seite hin, die einzige, die einige vollständige Absätze enthält. »Lies, bevor ich sauer werde!«, befiehlt er mir.

»Prinzessin Hanna fand keine Möglichkeit, das seltsame Buch sichtbar zu machen. Jeden Tag ging es ihr schlechter und sie bekam sehr hohes Fieber. Eines Tages jedoch, als der Arzt gerade ihr Zimmer verlassen hatte, sprach sie im Fieberwahn über das, was sie quälte. Ein Page namens Sigfrido, der ihr treu diente, hörte ihre Worte.

›Ich glaube, ich kann dir helfen‹, sagte er am nächsten Tag zu ihr. ›Wir könnten zum Zauberer der Berge gehen. Er vollbringt die unglaublichsten Dinge.‹

›Wo lebt dieser Zauberer?‹, fragte die Prinzessin hoffnungsvoll. ›Kannst du mich zu ihm bringen?‹

›Er lebt auf Artón, dem Zauberberg‹, antwortete der Page. ›Zwei Tagesritte von hier entfernt. Er lebt allein in seiner Hütte und weiß sicher einen Zauberspruch, der das Buch sichtbar machen kann.‹

Hanna war so erfreut ob dieser Neuigkeit, dass ihr Lebensmut zurückkehrte und sie zu ihrem Vater ging, um mit ihm zu sprechen.

Der König aber, der weder an Zauberei noch an Märchen glaubte, erlaubte seiner Tochter nicht, dorthin zu gehen. Der Berg Artón lag in feindlichem Gebiet, und er fürchtete um ihr Leben. Doch so leicht gab die Prinzessin ihren Plan nicht auf, denn sie hatte sich fest vorgenommen, das Buch zu lesen, koste es, was es wolle.

Einige Tage später rief Hanna den Pagen zu sich in ihr Gemach.

›Heute Nacht reiten wir fort‹, sagte sie zu ihm. ›Im Hof stehen zwei gesattelte Pferde für uns bereit. Und ich weiß, wie man das Schloss unbemerkt verlassen kann.‹

›Aber der König wird uns bestrafen‹, wandte der Diener ein. ›Er wird mich in die Folterkammer werfen lassen.‹

›Wenn du dich fürchtest, reite ich eben allein‹, entgegnete die Prinzessin stur. ›Erkläre mir nur ganz genau, wo der Zauberer lebt, dann werde ich dich nicht brauchen.‹

›Wenn der König erfährt, dass ich dich allein habe gehen lassen, wirft er mich in

den Drachengraben‹, sagte der Page, vor Angst schlotternd.

›Also?‹

›Ich werde mit dir gehen‹, willigte er ergeben ein.

›Gut!‹, rief Hanna erfreut und gab ihm einen Kuss auf die Wange. ›Du bist ein tapferer Held.‹

In jener Nacht begleitete der Vollmond zwei Reiter, die heimlich das Schloss verließen und zum Berg Artón aufbrachen. Einer von ihnen trug ein unsichtbares Buch in der Satteltasche bei sich.

Von einer Zinne herab sah König Ignacius ihnen mit Tränen in den Augen nach. ›Ich wünsche euch alles Glück der Welt‹, flüsterte er.

Das ist alles«, sage ich und gebe ihm die Seite zurück.

»Und kannst du mir auch erklären, was das bedeutet?«, fragt mich der Direktor.

Ich traue mich nicht, ihm zu erzählen, dass die Seite aus einem Buch stammt, das mein Vater gerade schreibt. Wenn er Papa anruft und ihm alles erzählt, kriege ich erst richtig Ärger.

CESAR
LUCIA

»Das ist aus einer Geschichte, die ich gerade schreibe«, kommt mir Lucía zu Hilfe. Von heute an werde ich sie nur noch ›Lucía, meine Retterin‹ nennen!

»Ach, tatsächlich?«, ruft der Direktor aus, als könne er es kaum glauben.

»Sie will Schriftstellerin werden«, erläutert unser Lehrer, der zusammen mit dem Hausmeister auch da ist. »Sie möchte einmal Bücher schreiben, sagt sie immer.«

»Und das muss sie ausgerechnet im Heizungskeller tun?«, entgegnet der Direktor.

»Entschuldigen Sie«, sagt Lucía. »Aber ich habe dort nicht geschrieben, wir haben gelesen.«

Der Direktor gibt keine Antwort. Er sieht sie misstrauisch an, sagt aber nichts.

Er setzt sich in seinen riesigen schwarzen Schreibtischsessel mit der hohen Rückenlehne, kratzt sich am Kinn und wiegt den Kopf hin und her. Im Zimmer könnte man eine Stecknadel fallen hören, so leise ist es. Nicht mal unser Atem ist zu hören. Nichts.

Alles wartet auf den Richterspruch des Direktors.

»Und worum geht es in diesem Buch?«, fragt er Lucía schließlich.

»Um ein Mädchen, das ein unsichtbares Buch findet«, erklärt sie ihm. »Und darum, was sie alles unternimmt, um es lesen zu können.«

»Und, gelingt es ihr?«

»Das weiß ich nicht, es ist noch nicht fertig«, antwortet Lucía ganz ruhig.

Der Hausmeister und unser Lehrer lachen leise, was den Direktor sichtlich nervös macht.

»Nun gut! Ihr geht jetzt wieder in die Klasse«, entscheidet er. »Wir reden noch darüber. Und ich möchte keinen Ärger mehr mit euch haben, verstanden? Sonst werde ich nämlich sehr ungemütlich ...«

Als wir das Klassenzimmer betreten, drehen sich alle Köpfe zu uns um. Mir ist es furchtbar peinlich, dass die anderen mit dem Finger auf uns zeigen und über uns tuscheln.

Ich bin echt sauer. Ich hab die Faxen dicke.

»Mir reicht's!«, sage ich zu Lucía. »Keine weiteren Seiten aus dem *Unsichtbaren Buch*!«

»Warum denn nicht?«, fragt sie, als wüsste sie nicht, wie ernst die Lage ist.

»Das fragst du noch?«, zische ich. Ich fasse es einfach nicht. »Reicht es dir immer noch nicht?«

Die Augen hinter den großen Brillengläsern sehen mich enttäuscht an. Wortlos beugt sie sich über ihr Heft und schreibt etwas hinein.

»Du hat überhaupt kein Rückgrat«, sagt sie nach einer Weile zu mir. »Und außerdem bist du blöd.«

Mit diesen Worten nimmt sie ihre Sachen, steht auf und setzt sich auf einen leeren Platz in der letzten Reihe.

Super! Jetzt habe ich endlich den ganzen Tisch für mich alleine. Ich hatte die Nase sowieso schon voll von ihr. Sie macht nichts als Stress.

Gleich nachdem ich nach Hause gekommen bin, bittet mich meine Mutter auch noch, den Tisch zu decken. Aber zum Glück kommt mein Vater aus seinem Arbeitszimmer, als ich gerade die Tischdecke ausbreite, und hilft mir.

»Wie war's heute bei dir?«, frage ich ihn, um irgendetwas zu sagen.

»Sehr gut, mein Junge ... Ich hab sogar schon den ganzen Nachmittag am Computer gesessen und drei neue Seiten geschrieben!«

Während wir das Besteck hinlegen, erzählt er mir mehr über den Roman. Er ist wirklich total begeistert von seiner Geschichte.

»Vorsicht! Die Suppe!«, verkündet mein Bruder Javier, der ins Esszimmer kommt, in den Händen den dampfenden Suppentopf.

Meine Mutter übernimmt es, die Suppe auszuteilen. Sie ist nämlich die Einzige in der Familie, die es schafft, Suppe auf die Teller zu schöpfen, ohne die Decke zu bekleckern. Dann fangen wir an zu essen. Inzwischen habe ich mich wieder ein wenig beruhigt.

»Heute Abend läuft ein lustiger Film im Fernsehen«, sagt mein Vater. »Wenn ihr wollt, sehen wir ihn uns gemeinsam an.«

»Wie heißt er?«, fragt Javier, der wie immer einen Tick schneller ist als ich.

»*Eine total, total verrückte Welt*. Es geht um ein paar Leute, die nach einem Schatz suchen.«

»Piraten?«, frage ich.

»Nein, so was nicht. Es geht um Leute, die noch heute an verborgene Schätze glauben. Das ist der Witz daran.«

»Glaubst du an verborgene Schätze?«, fragt ihn Javier.

»Na ja, irgendwie schon«, antwortet Papa nachdenklich. »Bücher schreiben ist so was Ähnliches wie nach einem Schatz suchen ... So als würdest du davon träumen, eine Geschichte zu finden, die so spannend ist, dass alle sie lesen wollen. Ein gutes Buch ist so etwas wie ein kostbarer Schatz.«

»Dann ... dann besitzt du viele Schätze, ja?«, frage ich.

»Ja, und mit dem *Unsichtbaren Buch* ist es jetzt so, als würde ich noch einen weiteren Schatz heben wollen.«

Der Film beginnt. Man sieht einen Mann, der in seinem Auto einen Abhang hinunterstürzt. Ein paar Leute eilen ihm zu Hilfe. Im Sterben verrät er ihnen, wo er einen Schatz vergraben hat.

Wir schütten uns aus vor Lachen, denn prompt rennen alle los und machen sich auf die Suche nach dem Schatz.

Der Film ist wirklich sehr lustig. Der

Witz daran ist, dass man nicht weiß, ob es diesen Schatz tatsächlich gibt oder ob es sich nur um einen Scherz des Toten handelt. Deswegen hat man dem Film wahrscheinlich diesen komischen Titel gegeben.

Wenn man es sich recht überlegt ... Vielleicht ist die Welt tatsächlich total verrückt.

»Ich muss mal eben aufs Klo«, sage ich und stehe auf.

Keiner achtet auf mich. Die anderen lachen sich schlapp über ein Ehepaar, das in einem Keller eingeschlossen ist und versucht, die Tür mit Dynamit aufzusprengen, um ins Freie zu gelangen. Nach der Explosion ist die Tür vollkommen unversehrt, aber die beiden sind über und über mit Farbstaub bedeckt. Eine urkomische Szene. Aber sie zeigt auch, dass es gefährlich sein kann, nach einem Schatz zu suchen ...

Gerade als ich ins Badezimmer gehen will, sehe ich, dass die Tür zu Papas Arbeitszimmer wieder halb offen steht ... Und der Computer ist eingeschaltet ...

Ich bleibe einen Moment stehen und kämpfe gegen meine Neugier an. Währenddessen höre ich, wie Papa im Wohnzimmer schallend lacht und dabei in die Hände klatscht.

Ich gehe ziemlich aufgeregt ins Bad. Es ist, als hätte ich Ameisen im Bauch. Ich glaube, ich bin drauf und dran, eine Dummheit zu machen …

Ich wasche mir die Hände und sehe in den Spiegel. An meinem Gesichtsausdruck kann ich ablesen, dass ich gleich etwas tun werde, was ich eigentlich gar nicht tun will. Aber ich komme einfach nicht dagegen an.

Ich schleiche mich aus dem Bad in Papas Arbeitszimmer. Von drüben dringen die Geräusche des Films an mein Ohr, vermischt mit dem Gelächter meiner Familie. Fast finde ich es schade, dass ich nicht bei ihnen bin. Sie haben jede Menge Spaß.

Gerade hört man wieder eine Explosion, und eine Stimme schreit: »Der Schatz gehört mir! Ich werde ihn mit niemandem teilen!«

Ich bewege die Maus, bis die letzten Seiten, die Papa geschrieben hat, auf dem Bildschirm erscheinen … und fange an zu lesen.

»Du lieber Gott!«, rufe ich, als ich die ersten Zeilen sehe. »Cool!«

Jetzt hört man von drüben ohrenbetäubenden Lärm. Anscheinend ist ein Flugzeug in einen Kontrollturm geflogen. Wahrscheinlich ist der Pilot ohnmächtig geworden. Oder verrückt.

Ich nehme den Hörer vom Telefon ab und wähle eine Nummer. Riiiinng … Riiiinng … Riiiinng …

»Hallo?«

»Lucía?«, frage ich leise.

»Ja, am Apparat … Wer ist da?«

»Ich … César …«

Sie sagt nichts. Ich höre sie atmen, aber sie antwortet nicht. Sie legt aber auch nicht auf.

»Hör zu«, sage ich, »das wird dich überraschen:

Als Hanna und Sigfrido die Hütte auf dem Zauberberg erreichten, erfuhren sie, dass der Zauberer soeben verstorben war. Sein Diener Tessius, ein Irrer mit nur einem Auge, der das Grab bewachte, behauptete, kein anderer Zauberer der Welt würde ihnen helfen können, das unsichtbare Buch sichtbar zu machen …«

»Oh nein!«, sagt Lucía. »Jetzt ist niemand mehr da, der ihnen bei der Suche helfen kann.«

»Es geht noch weiter … Hör zu:

Der alte Diener bot ihnen an, in der verlassenen Hütte zu übernachten. Am nächsten Morgen, als die beiden zum Schloss aufbrechen wollten, gab er ihnen doch noch einen Hinweis:

›Im Licht der Schwefelminen kann man das Buch lesen … Doch sie sind sehr gefährlich. Ich habe dort mein Auge verloren. Und wenn man euch entdeckt, wird man euch versklaven und ihr werdet den Rest eures Lebens in den tiefsten Tiefen der Minen arbeiten müssen.‹

Doch Hanna ließ sich von den Gefahren, die er heraufbeschwor, nicht abschrecken.

›Wo befinden sich die Schwefelminen?‹, fragte sie entschlossen.

›Im Tal des Nordens. Reitet immer in diese Richtung, dann könnt ihr sie gar nicht verfehlen‹, erklärte der alte Tessius. ›Ich an eurer Stelle würde nicht dorthin gehen. Dieses Feuer lebt, es wird euch die Haut verbrennen und die Augen herausreißen.‹

Allein die beiden jungen Leute hörten ihn schon nicht mehr.«

»Das ist ja furchtbar!«, ruft Lucía verzweifelt. »Sie könnten sterben!«

»Warte, hör zu:

Zwei Tage später erreichten sie das unbewohnte Tal des Nordens. Sogleich machten sie sich auf die Suche nach den gefürchteten Schwefelminen, doch sie fanden sie nicht.

›*Es hat keinen Sinn*‹, *sagte Sigfrido nach einigen Tagen angestrengter Suche.* ›*Wir sind in dieser Dunkelheit verloren und wissen nicht, wo die Minen sind … falls es sie überhaupt gibt. Und das alles, um ein Buch zu lesen, das unsichtbar ist und in dem vielleicht noch nicht mal etwas steht!*‹

›*Wir werden die Minen schon finden*‹, *entgegnete Hanna entschlossen.* ›*Ich will dieses Buch lesen, und ich werde es schaffen, auch ohne deine Hilfe! Ist das klar?*‹

›*Mir ist nur klar, dass wir noch verrückter sind als der einäugige Tessius*‹, *gab der Page zurück.* ›*Das wird uns der König niemals verzeihen!*‹

Ohne sich um Sigfridos Proteste zu kümmern, fuhr Hanna mit der Suche fort.«

»Geht's noch weiter?«, fragt Lucía, die von der Geschichte ganz gefesselt ist.

»Ja«, sage ich aufgeregt. »Hör zu:

Die beiden Freunde irrten müde und hungrig in der Dunkelheit umher.

›Am besten kehren wir zum Schloss zurück und bitten den König um Verzeihung‹, schlug Sigfrido vor. ›Die Pferde sind erschöpft, sie können nicht mehr.‹

Hanna antwortete nicht und ritt weiter. Jäh hallte das Heulen von Wölfen durch die pechschwarze Nacht und Angst machte sich in Sigfridos Herzen breit. Auch die Prinzessin sah voller Furcht zum Wald hinüber.

›Wir müssen fort von hier!‹, rief Sigfrido. ›Ich ertrage das nicht mehr!‹

Er griff in die Zügel und wendete sein Pferd. Da sah er, dass Hanna fassungslos in die Ferne starrte.

›Sieh mal!‹, rief sie aufgeregt. ›Dort!‹

Der Page drehte sich um und erblickte in der Dunkelheit einen gelblichen Schim-

mer, der aus dem Innern des Berges zu kommen schien …

›Dieser vermaledeite Tessius hatte recht‹, murmelte er.«

»Was machst du da?«, fragt jemand hinter mir.

Ertappt drehe ich mich um. Es ist Javier, der eben ins Zimmer gekommen ist.

»Nichts … Und, wie ist der Film?«, frage ich ihn.

»Ganz gut. Inzwischen ist auch die Polizei hinter dem Schatz her. Die sind alle total verrückt geworden. Aber Papa hat seinen Spaß.«

»Gut, dann geh jetzt wieder ins Wohnzimmer …«

»Liest du etwa Papas Buch?«, fragt er und starrt auf den Bildschirm.

»Das geht dich nichts an«, antworte ich. »Kümmere dich um …«

»Wenn du mich nicht lesen lässt, sag ich's Papa!«

Das hat mir gerade noch gefehlt! Der kleine Scheißer will mich verpfeifen!

»Lucía? … Ich hab da ein Problem. Ich kann im Moment nicht mehr weiterlesen …«

»Sag mir wenigstens, ob sie in die Schwefelmine gehen«, bittet sie.

Das nennt man wohl ›mit dem Rücken zur Wand stehen‹!

»Das weiß ich nicht. Hier steht nur, dass sie auf bewaffnete Soldaten treffen, die einen Höhleneingang bewachen.«

»Hört sich ja richtig gefährlich an …«

»Ich muss jetzt auflegen, der Film im Fernsehen ist gleich zu Ende … Wir sehen uns Montag, dann erzähl ich dir alles.«

»Nein, druck die Seiten aus!«, ruft sie verzweifelt. »Sonst vergisst du die Hälfte!«

»Ich tu, was ich kann.«

»Druck sie aus!«, befiehlt sie.

»In Ordnung … Wir sehen uns Montag in der Schule.«

»Kommt gar nicht in Frage! Morgen warte ich um sechs Uhr vor eurem Haus auf dich.«

»Aber morgen ist Samstag und …«

»Bis morgen!«, unterbricht sie mich einfach und legt auf.

Javier sieht mich tadelnd an.

»Das kann richtig Ärger geben«, sagt er. »Das ist dir doch klar, oder?«

7

Ich weiß selbst nicht, warum ich mich auf diese Nervensäge einlasse, aber ich halte die Verabredung ein. Ich hoffe nur, dass wir keinen Ärger kriegen. Denn mit ihr geht ja immer alles schief.

Lucía ist eine aufdringliche, neugierige Ziege, die nichts als Stress macht.

Na schön, sie ist auch mutig … und das finde ich super. Ja, ich glaube, sie ist das mutigste Mädchen, das ich kenne.

Aber sie soll sich besser mal keine Hoffnungen machen. Ich denke nämlich gar nicht daran, mir eine feste Freundin zuzulegen.

Ich sage das, weil ich jetzt schon eine ganze Weile vor unserem Haus stehe und auf sie warte. Vielleicht glaubt sie, ich mache das, weil ich verrückt nach ihr bin oder so. Aber das ist totaler Blödsinn. Ich bin hier, weil wir verabredet sind. Und außerdem ist bei uns niemand zu Hause. Meine Mutter ist mit Javier einkaufen gegangen, und mein Vater sitzt in irgendeinem Café und schreibt an seinem Roman. Anders gesagt, wenn Lucía nicht kommt, muss ich hier draußen warten, bis …

Ich frage eine vorbeikommende Frau nach der Uhrzeit, und sie sagt mir, dass es fast halb sieben ist. Das kommt davon, dass ich so blöd bin. Anstatt auf diese alberne Ziege zu warten, könnte ich jetzt gemütlich vor dem Fernseher sitzen.

»César! César!«

Na, endlich!

»Entschuldige«, sagt sie. »Ich konnte nicht früher … Tut mir echt leid.«

»Ich steh hier schon über eine halbe Stunde«, schimpfe ich. »Und das bei dieser Kälte!«

»Entschuldige«, wiederholt sie.

»Glaubst du etwa, du könntest mich hier stundenlang warten lassen?«

»Nein, nein … Ich hab das nicht absichtlich gemacht«, antwortet sie.

Ich sehe sie wütend an, sage aber nichts. Sie muss schließlich lernen, dass sie mich nicht wie den letzten Trottel behandeln kann.

»Ich lade dich zu einem Hamburger ein«, schlägt sie vor, »und zu einem Eis … was meinst du?«

»Weiß nicht, ob ich Lust dazu habe«, brumme ich.

»Ich kann dir ja dabei was vorlesen«, sagt sie verführerisch, wie immer, wenn sie etwas erreichen will.

»Interessiert mich nicht, ich hab's schon gelesen«, antworte ich. Sie soll wissen, dass sie mit mir nicht machen kann, was sie will.

»Ach, komm schon«, drängt sie, »ich lade dich ein.«

Schließlich gebe ich nach.

»Da drüben gibt's einen *Burger Flash*«, sagt sie und zeigt die Straße hinunter. »Bin gerade da vorbeigekommen und es waren kaum Leute drin.«

Sie geht voran, und ich folge ihr, wobei ich so tue, als hätte ich eigentlich gar keine Lust. Ich versuche sogar, gar nichts zu sagen, bis wir vor dem *Burger Flash* stehen.

»Am besten, wir setzen uns hier ans Fenster«, sagt Lucía, »dann stört uns keiner.«

»Okay«, antworte ich mit einem Blick auf den Tisch.

»Setz dich schon mal«, schlägt sie vor, »und sag mir, was du willst, ich hol's dir.«

Ich schaue auf die Karte und sage ihr, worauf ich Appetit habe. Wie nett sie plötzlich ist, denke ich bei mir.

Kurz darauf kommt sie mit zwei vollen Tabletts zurück, stellt sie auf den Tisch und setzt sich mir gegenüber.

»Endlich!«, ruft sie. »Ich glaube, wir haben alles.«

»Hier«, sage ich und schiebe ihr die ausgedruckten Seiten rüber, »du kannst gleich anfangen zu lesen.«

»Danke«, antwortet sie mit einem strahlenden Lächeln.

Ich weiß nicht, wie sie das anstellt, aber immer, wenn sie mich anlächelt, lächle ich zurück. Wie jetzt. Dann nehme ich meinen Hamburger in beide Hände und beiße hinein.

»Also«, sagt sie, »es geht weiter:

Hanna und Sigfrido banden ihre Pferde an einen Baum am Fuße des schwarzen Berges.

›Wir gehen hinauf‹, befahl die Prinzessin. ›Wir sind da!‹

›Hätte ich bloß nicht auf dich gehört‹, stöhnte Sigfrido.

›Hör auf zu jammern‹, wies sie ihn zurecht. ›Jetzt werden wir endlich herausfinden, was in dem Buch steht.‹«

Der Hamburger schmeckt prima, und ich muss zugeben, dass Lucía sehr gut vorlesen kann. Wirklich, in diesem Moment fällt mir auf, dass sie eine wunderschöne Stimme hat. Wie eine von diesen Sprecherinnen, die den Schauspielerinnen in ausländischen Filmen ihre Stimme leihen.

»Hör zu:

Unbemerkt von den Wachsoldaten gelangten sie zum Eingang der Höhle. Hinter den Felsen verborgen, sahen sie, wie Männer mit nackten Oberkörpern riesige Feuer in Gang hielten, indem sie Schwefel in die Flammen schaufelten. Andere Arbeiter zogen Karren mit dem kostbaren Rohstoff heran, den sie soeben aus den tiefsten Tiefen der Erde geholt hatten. Manchmal wurden die Sklaven von den sprühenden Funken verletzt.

In unmittelbarer Nähe der Feuer, geschützt von den Schilden der Soldaten, hockten Männer und Frauen und schrieben eifrig auf Pergamente, die auf ihren Knien lagen.

›Sieh nur‹, sagte Hanna zu ihrem Pagen, ›das sind Schreiber.‹

›Wenn die Soldaten uns erwischen, machen sie uns zu Sklaven‹, sagte Sigfrido, der die Szenerie mit angstvoll aufgerissenen Augen beobachtete. ›Und dann kommen wir hier nie wieder raus!‹

›Wir müssen versuchen, in die Nähe eines Feuers zu gelangen‹, flüsterte Hanna. ›Es ist die einzige Möglichkeit, das unsichtbare Buch zu lesen.‹

Und ohne eine Antwort abzuwarten, stieg sie im Schutze der Felsen ins Innere der Höhle hinab. Sigfrido blickte ihr entsetzt nach, schluckte ein paar Mal und folgte ihr schließlich.

›Auch ich will wissen, was in diesem seltsamen Buch steht‹, raunte er. ›Das lasse ich mir um nichts in der Welt entgehen.‹

Wenige Minuten später stand Hanna vor einem der Feuer. Sie öffnete ihre Tasche, zog das unsichtbare Buch heraus und …«

»Hör auf!«, zische ich Lucía zu. »Hör sofort auf zu lesen!«

»Was hast du? Gefällt dir meine Stimme heute nicht?«

»Mein Vater!«, flüstere ich. »Er sitzt da hinten in der Ecke!«

Lucía bleibt vor Überraschung der Mund offen stehen. Sie bringt kein Wort heraus.

»Wir müssen hier weg«, sage ich. »Er darf mich hier nicht sehen.«

»Aber … was macht dein Vater denn hier?«, fragt sie und blickt sich vorsichtig um.

»Schreiben, nehme ich an. Er hat die Angewohnheit, in Cafés zu schreiben … und wie ich jetzt sehe, auch in Burgerläden. Überall da, wo Menschen sind.«

»Ich möchte ihn kennenlernen«, sagt Lucía plötzlich.

»Was?«, frage ich überrascht.

»Na ja, ich möchte mit ihm reden, ihm zuhören«, erklärt sie. »Er ist der erste Schriftsteller, den ich aus der Nähe sehe.«

»Er ist nichts Besonderes«, entgegne ich. »Er ist wie alle anderen. Ganz normal eben. Lass uns von hier verschwinden, bevor …«

Aber sie hört mir gar nicht mehr zu. Sie ist aufgestanden … und geht direkt auf den Tisch zu, an dem mein Vater sitzt!

Heute ist wieder mal nicht mein Tag.

Die verrückte Lucía ist vor dem Tisch stehen geblieben … redet mit Papa … gibt ihm die Hand.

Um Himmels willen! Was passiert als Nächstes?

Mein Vater schaut zu mir herüber. Lucía zeigt mit dem ausgestreckten Finger auf mich, er sieht mich an … und winkt mich zu sich!

Das hat mir gerade noch gefehlt! Mit meinem Vater und Lucía in einem Burgerladen zu sitzen …!

»Hallo, Papa«, sage ich etwas verlegen, als ich an seinem Tisch stehe.

»Hallo, César!«, begrüßt er mich.

Er scheint sich zu freuen, mich hier zu sehen.

»Sie sind Schriftsteller?«, fragt Lucía. »Was schreiben Sie denn?«

»Kinderbücher«, antwortet mein Vater. »Das ist das, was ich am liebsten mache.«

»Ich möchte auch Schriftstellerin werden, wenn ich groß bin«, sagt Lucía.

»Ach ja?«, fragt Papa mit einem charmanten Lächeln. »Du willst wirklich Schriftstellerin werden?«

»Ja, so wie du«, mische ich mich ein.

»Setzt euch doch zu mir«, fordert er uns auf.

»Danke, Papa, aber wir wollten gerade gehen«, sage ich schnell.

»Wie wird man denn Schriftsteller?«, erkundigt sich Lucía.

»Wollt ihr euch wirklich nicht setzen?«

»Nein, nein … Wir haben's eilig«, versichere ich.

»Ist es schwierig, Bücher zu schreiben?«, fragt Lucía weiter.

»Na ja, schon … Es ist viel Arbeit, aber es macht auch viel Spaß«, antwortet mein Vater liebenswürdig.

»Komm, Lucía, wir müssen gehen«, dränge ich meine Freundin.

Endlich schaffe ich es, sie wegzuziehen. Ich höre ihn noch rufen:

»Adiós, Kinder! Ich hoffe, wir sehen uns bald wieder!«

Wir gehen hinaus. Es regnet.

»Du bist wirklich doof«, wirft mir Lucía vor. »Warum hast du mich nicht mit deinem Vater sprechen lassen? Schließlich sind wir beide Schriftsteller …«

»Schriftsteller?«, lache ich böse. »Du hast doch noch gar nichts geschrieben! Was hattest du eigentlich vor? Wolltest du mit ihm etwa über das *Unsichtbare Buch* sprechen?«

»Für wie blöd hältst du mich?«

»Für ziemlich blöd! Und für aufdringlich!«

»Wenn das so ist, dann lass mich gefälligst in Ruhe! Ich kann prima ohne dich auskommen … Du weißt eben nicht, wie man Freunde behandelt.«

»Und du weißt nicht, wie man sich benimmt!«

»Rutsch mir doch den Buckel runter!«, schreit sie mich an.

Dann dreht sie sich um und läuft davon. Lässt mich einfach im Regen stehen!

8

Seit Tagen reden Lucía und ich nicht mehr miteinander.

Sie ist stinksauer, und anscheinend hat sie nicht vor, mir zu verzeihen.

Ich habe versucht, mit ihr zu reden, aber ohne Erfolg. Heute habe ich ihr sogar gesagt, dass ich die nächsten Seiten des *Unsichtbaren Buches* mitgebracht habe, aber keine Chance.

Und das ist noch nicht alles. Lorenzo und seine Freunde haben wieder angefangen, mich zu schikanieren ... Es riecht nach Ärger.

Es war ein schrecklicher Tag. Gut, dass er vorbei ist.

Eben hat es geklingelt, und der Lehrer hat den Unterricht für heute beendet. Lucía packt ihre Sachen zusammen, steht auf und verlässt wortlos die Klasse, ohne sich von mir zu verabschieden.

Draußen vor der Schule wartet mein Bruder Javier auf mich.

»Hab mich heute wieder mit einem aus der Klasse geprügelt«, erzählt er auf dem Nachhauseweg.

»Auf mich hatten sie's auch wieder abgesehen«, erzähle ich.

Plötzlich spüre ich einen Schlag. Ich stöhne auf und fasse mir an den Hinterkopf.

»Tut's weh?«

Es ist Lorenzo. Er und seine Freunde sind uns gefolgt.

»Warum macht ihr das?«, fragt Javier.

»Weil wir Lust dazu hatten. Was dagegen?«

Und ob ich was dagegen habe!

»Mal sehen, wie mutig du jetzt bist, so ganz alleine«, sagt Lorenzo.

»Er ist nicht alleine!«, widerspricht mein Bruder.

»Wer bist du denn, du Rotznase?«, fragt Lorenzo.

»Sein Leibwächter!«, antwortet Javier und stürzt sich auf ihn.

Wie es aussieht, bleibt mir nichts anderes übrig, als mich mit ihnen anzulegen.

Das Dumme ist nur, dass ich einen Moment zögere. Die anderen sind schneller als ich. Und das heißt, ich muss einstecken, bevor ich austeilen kann.

»Jetzt bist du dran, Klugscheißer!«, schreien sie.

Und schon liege ich auf dem Boden. Ich versuche, mich zu wehren, so gut ich kann, aber ich komme nicht gegen sie an. Javier neben mir kämpft wie ein Löwe. Lorenzo hat kein leichtes Spiel mit ihm. Wie er sich ins Zeug legt, der Kleine!

Bei mir sieht es nicht so gut aus. Ich schlage zwar wild um mich, kann aber keinen Treffer landen. Klar, drei gegen einen, da hab ich keine Chance. Ich weiß nicht, wie ich da heil wieder rauskommen soll.

Plötzlich schreit einer von ihnen auf. Anscheinend hat er was abbekommen. Er lässt von mir ab. Vielleicht hat er ja Mitleid mit mir?!

Ich kapiere gar nichts mehr. Offenbar hat jemand …

»Feiglinge!«, schreit jemand. »Ihr seid ganz gemeine Feiglinge!«

Lucía! Erst jetzt kann ich sie in dem ganzen Durcheinander erkennen. Fuchsteufelswild tritt sie auf Lorenzo und seine Freunde ein.

Endlich kann ich mich befreien. Ich springe auf und komme ihr zu Hilfe. Lorenzo sieht, dass sich das Blatt gewendet hat, und tritt den Rückzug an.

»Kneifen gilt nicht, du Feigling!«, schreit Javier, als er sieht, dass sein Gegner abhauen will. »Komm her!«

»Was ist, ihr Helden?«, rufe ich den anderen zu. »Traut ihr euch jetzt nicht mehr?«

»Haut bloß ab!«, schreit Lucía. »Ihr Waschlappen!«

»Wir sprechen uns noch!«, schreit Lorenzo zurück, bevor er und seine Freunde sich endgültig aus dem Staub machen.

Javier, Lucía und ich machen Witze über sie und lachen ihnen hinterher, um ihnen zu zeigen, dass wir keine Angst vor ihnen haben.

»Solange sie in der Überzahl sind, sind sie mutig«, sagt Lucía. »Aber sobald sie merken, dass sie ins Hintertreffen geraten, ziehen sie den Schwanz ein.«

»Ich hab keine Angst vor ihnen, von mir aus können sie zu zehnt kommen!«, prahlt Javier.

»Hoffentlich nicht«, sage ich.

»Für heute haben sie jedenfalls genug«, bemerkt Lucía.

»Danke, dass du uns geholfen hast«, sage ich zu Lucía.

»Wo hast du gelernt, dich zu prügeln?«, fragt Javier sie.

»Na ja, eigentlich kann ich das gar nicht«, antwortet sie bescheiden. »Aber als ich euch vom Bus aus gesehen habe …«

»Du bist extra ausgestiegen, um uns zu helfen?«, frage ich.

»Na ja …«, antwortet sie, während sie sich bückt, um ihre Tasche aufzuheben. »Ich hatte das Gefühl, ihr braucht Hilfe.«

»Ich nicht!«, sagt Javier.

»Vielen Dank jedenfalls«, unterbreche ich meinen Bruder. »Wenn du nicht gekommen wärst, hätten sie uns so richtig in die Mangel genommen.«

Javier sieht mich erstaunt an. Ich glaube, er hätte es nicht für möglich gehalten, dass ich mich vor einem Mädchen so sehr erniedrigen würde.

»Also gut«, sagt Lucía, »das war's dann wohl. Gehen wir!«

»Wenn du willst, bringe ich dich nach Hause«, biete ich ihr an.

»Es ist aber weit …«

»Kümmert euch nicht um mich«, sagt Javier und läuft los. »Ich bin dann weg. Adiós!«

Jetzt, wo wir alleine sind, fällt mir nichts ein, was ich sagen könnte. Und ich glaube, ihr auch nicht.

Wir machen uns auf den Weg. Als wir in eine große Straße einbiegen, fängt es an zu tröpfeln.

»Wir sollten uns unterstellen«, sagt Lucía. »Sieht aus, als würde es gleich richtig anfangen zu schütten.«

»Ja«, pflichte ich ihr bei und schaue zu den schwarzen Wolken hinauf. »Wir sollten wirklich zusehen, dass wir uns unterstellen.«

Der Regen wird stärker, und wir rennen los.

»Da!«, ruft Lucía und zeigt auf einen Hauseingang.

Es ist der Eingang zu einem Lokal, das zurzeit geschlossen ist. Der ideale Platz, um vor dem Regen Schutz zu suchen. Wir setzen uns auf die Treppenstufe.

Der Regen wird immer stärker. Sieht aus, als müssten wir eine ganze Weile hierbleiben. Plötzlich kommt mir eine Idee.

»Wenn du willst«, sage ich vorsichtig,

»können wir die neuen Seiten aus dem *Unsichtbaren Buch* lesen. Ich hab sie dabei.«

Sie sieht mich freudig überrascht an.

»Stimmt!«, ruft sie aus. »Das hast du mir ja heute Morgen erzählt!«

»Allerdings … Hier!«

Sie reißt mir die Seiten aus der Hand.

»Wow! So viele!«, ruft sie erstaunt.

»Leider ist es hier ziemlich dunkel«, stelle ich fest.

»Das macht nichts«, sagt Lucía und macht ihre Tasche auf. »Sieh mal, was ich hier habe!«

Sie knipst eine kleine Taschenlampe an und richtet den Lichtschein auf die erste Seite.

»Also, wo waren wir?«, fragt sie.

»Tja … ich glaube … ach ja, in der Schwefelmine. Hanna wollte versuchen, das Buch im Schein des Feuers zu lesen …«

»Ja, ja … Sei still und hör zu:

… und ein paar Funken fielen auf die Buchseiten. Sie überlegte nicht lange und fegte sie mit der Hand fort. Dann fing sie an zu lesen.

›Eindringlinge!‹, brüllte plötzlich einer

der Wachsoldaten und deutete mit seiner Lanze auf sie.

Instinktiv schlug Hanna das Buch zu und sprang auf.

›Wir sind verloren!‹, rief Sigfrido. ›Nichts wie weg!‹

Die junge Prinzessin wusste, dass sie keine andere Wahl hatten, und ergriff widerstrebend die Flucht. Pech, *dachte sie.*

Die beiden jungen Leute sprangen geschickt wie Bergziegen von Fels zu Fels und wichen den Soldaten aus, die sich ihnen in den Weg zu stellen versuchten. Die Sklaven fingen an zu schreien, und innerhalb weniger Minuten hatte sich die Höhle in einen Hexenkessel verwandelt.

Verzweifelt rannten die beiden auf den Ausgang zu, doch die Wachsoldaten folgten ihnen auf den Fersen.

Dann, vor den überraschten Augen der Prinzessin, griff Sigfrido zu einer heldenhaften List. Er blieb vor einem mit Schwefel beladenen Karren stehen, und mit übermenschlicher Anstrengung bemühte er sich, ihn umzustoßen. Doch der Karren war so schwer, dass er ihn kaum bewegen konnte.

›Hilf mir!‹, rief er der Prinzessin zu.

Mit vereinten Kräften gelang es den beiden, die gesamte Schwefelladung in eines der Feuer zu kippen. Es gab eine gewaltige Explosion. Funken sprühten in alle Richtungen und machten die Höhle zum Schauplatz eines gewaltigen Feuerwerks. Alles lief durcheinander und versuchte, sich in Sicherheit zu bringen. Die beiden Abenteurer nutzten das Chaos, um aus der Höhle zu entkommen, während riesige Feuerkugeln über ihre Köpfe hinwegflogen.

Endlich erreichten sie den Baum, an dem sie ihre Pferde angebunden hatten. Doch die Explosion hatte die Tiere erschreckt. Sie hatten sich losgerissen und die Flucht ergriffen.

›Sieh nur!‹, rief Hanna und zeigte auf den Eingang der Höhle, aus der bewaffnete Männer gerannt kamen. ›Sie kommen hinter uns her!‹

Sigfrido und die Prinzessin fassten sich an den Händen und verloren sich im Dunkel der Nacht.«

Entsetzt hebt Lucía den Blick.

»Es wird ihnen niemals gelingen, das Buch zu lesen«, seufzt sie betrübt.

»Uns auch nicht. Jedenfalls nicht im Moment. Mehr Seiten hab ich nämlich nicht.«

»Du bringst doch morgen Nachschub, oder?«, fragt sie fast ängstlich.

»Ich tue mein Bestes«, antworte ich. »Ich will unbedingt wissen, wie es mit dem unsichtbaren Buch weitergeht.«

»Und ich erst!«, sagt Lucía.

Es ist spät geworden. Der Regen hat nachgelassen, und wir gehen nach Hause. Zum ersten Mal macht es mir Spaß, ein Buch meines Vaters zu lesen.

9

Auch heute regnet es.

Pitschnass und schlechtgelaunt komme ich in der Schule an. Lucía sieht mir erwartungsvoll lächelnd entgegen.

»Hallo, guten Morgen!«, begrüßt sie mich, noch bevor ich mich auf meinen Platz gesetzt habe. »Hast du die nächsten Seiten mitgebracht?«

»Nein … Das ging leider nicht«, erkläre ich ihr. »Der Drucker ist kaputt.«

Auf Lucías Gesicht macht sich Enttäuschung breit.

»Tut mir leid«, sage ich, »ich würde auch zu gerne wissen, wie es mit Hanna, Sigfrido und dem Buch weitergeht.«

Lucía gibt keine Antwort. Nicht weil sie sauer auf mich ist, denn sie weiß sehr wohl, dass ich für den kaputten Drucker nichts kann. Aber sie ist enttäuscht.

»Mach dir keine Vorwürfe«, sagt sie

nach einer Weile. »Du kannst ja nichts dafür.«

Sag ich doch!

»Woher solltest du auch wissen, dass der Drucker kaputtgehen würde«, sagt sie.

»Stimmt«, antworte ich, »das konnte ich nicht wissen.«

»Nein, das konntest du nicht.«

Wieder Schweigen.

Ich weiß nicht, warum, aber plötzlich fühle ich mich doch ein wenig schuldig, dass der verdammte Drucker verrücktgespielt hat.

»Sie haben meinem Vater gesagt, dass der Drucker nächste Woche repariert wird«, sage ich schließlich.

»Und was machen wir bis dahin?«

»Warten.«

»Nein! Heute Nachmittag gehen wir zu dir nach Hause und lesen die Geschichte am Computer weiter.«

»Soll das ein Witz sein?«

»Das ist mein voller Ernst! Schließlich ist es nicht meine Schuld, dass der Scheißdrucker nicht funktioniert.«

»Meine auch nicht.«

»Ja, ja …«

Ich wusste es! Keine Ahnung, warum, aber ich wusste es. Jetzt bin ich doch wieder an allem schuld.

»Du lädst mich einfach zu dir nach Hause ein, und dann schleichen wir uns in das Arbeitszimmer deines Vaters.«

Ich glaube, ich hab es irgendwann schon mal erwähnt: Dieses Mädchen ist wirklich sehr mutig, nirgendwo sieht sie ein Problem. Und dann passiert, was passieren muss, na klar, plötzlich geht alles schief.

Und das Schlimmste daran ist, ihr scheint das völlig egal zu sein … Was mache ich nur?

»Du siehst immer alles zu schwarz«, sagt sie genau in diesem Moment. »Und wie du wieder guckst! Als hätte dich ein Ochse überrannt.«

»Mach dich bloß nicht über mich lustig«, warne ich sie. »Wenn mein Vater uns an seinem Computer erwischt, bringt er mich um!«

»Keine Sorge, ich bin ja bei dir«, entgegnet sie, um mir Mut zu machen.

Sie hat natürlich keine Ahnung, aber den Rest des Tages suche ich angestrengt nach einer anderen Lösung. Doch nach der Schule klebt sie an mir wie ein Schatten. Und spätestens jetzt wird mir klar, dass ich keine Chance habe: Wir gehen zu mir nach Hause.

Unterwegs treffen wir Javier.

»Ich hab Lucía zu uns nach Hause eingeladen«, sage ich zu ihm.

Er grinst mich an und sagt: »Lasst euch bloß nicht erwischen!«

»Was meinst du damit?«, frage ich harmlos.

»Das weißt du ganz genau!«

Mama öffnet uns die Tür.

»Das ist Lucía, ich hab sie zu uns eingeladen«, erkläre ich. »Ist das okay?«

»Natürlich ist das okay! Ich finde es gut, dass du Freunde nach Hause mitbringst«, sagt sie und gibt Lucía einen Kuss auf die Wange.

»Vielen Dank, Señora. César und ich sitzen in der Klasse nebeneinander, wir sind gute Freunde.«

»Ach ja? Er hat mir noch gar nichts von dir erzählt … Er ist sehr schüchtern bei Mädchen, weißt du?«

»Ja, ich weiß. Es ist nicht leicht, ihn zum Reden zu bringen.«

Sie sprechen über mich, als wäre ich gar nicht da. Als würden sie über jemand anderen reden.

»Ich werde euch einen Happen zu essen machen, nach dem ihr euch die Finger lecken werdet«, sagt Mama.

»Wenn Sie möchten, helfe ich Ihnen. Ich bin eine gute Köchin... Habe ich Ihnen erzählt, dass ich Ihren Mann schon kennengelernt habe?«

»Was du nicht sagst! Wie habt ihr euch denn kennengelernt?«

»Wir haben ihn am Samstag im *Burger Flash* getroffen«, antwortet Lucía. »Er hat uns von seiner Arbeit erzählt.«

»Du meinst, dass er gerade ein neues Buch schreibt?«

»Ja, genau ... Wissen Sie, ich will auch Schriftstellerin werden!«

Ich bin Luft für sie. Sie lassen mich einfach stehen und verschwinden in der Küche.

Ich gehe in mein Zimmer, werfe meine Tasche auf den Tisch und räume ein bisschen auf. Nur für den Fall, dass Lucía mein Zimmer sehen will ...

Dann schleiche ich mich zu Papas Arbeitszimmer und luge vorsichtig hinein.

Es ist niemand da, der Computer ist ausgeschaltet.

Leise schließe ich die Tür und gehe in die Küche.

»César, mein Junge«, sagt Mama, »warum hast du Lucía nicht schon früher mitgebracht? Sie ist sehr nett und scheint dich gut zu verstehen.«

Nicht zu fassen! Lucía versteht mich!?

»Ja, Mama«, antworte ich brav.

Sollen sie doch reden, was sie wollen, ich denke gar nicht daran, mich mit ihnen zu streiten.

»Los, kommt, setzt euch und esst was. Ich muss noch etwas besorgen.«

Wir setzen uns an den Küchentisch. Mama hat uns Sandwiches gemacht und Orangensaft hingestellt – das mag ich wenigstens.

Mama verabschiedet sich mit dem Versprechen, bald wieder zurück zu sein. Anscheinend hat sie nicht viel zu besorgen.

Lucía wirft mir einen ihrer unschuldigen Blicke zu, einen von denen, mit denen sie auch Mama eingewickelt hat.

Wie zwei brave Kinder sitzen wir in der Küche, essen Sandwiches und trinken Orangensaft. Und weil man mit vollem

Mund nicht spricht, schweigen wir uns an …

»Ich bin fertig!«, ruft Lucía schließlich und wischt sich den Mund mit ihrer Serviette ab. Dann fügt sie verschwörerisch hinzu: »Es ist so weit!«

Ich trinke noch einen großen Schluck Orangensaft und wische mir dann auch den Mund ab.

»Komm mit«, sage ich und stehe auf.

Obwohl es in Papas Arbeitszimmer dunkel ist, mache ich lieber kein Licht an. Das Licht, das durch den Türspalt dringt, reicht aus, um den Computer anzumachen.

Nacheinander öffne ich verschiedene Programme, Fenster, Archive und Ordner, all das, was Computer eben so haben.

»Du kennst dich ja richtig gut damit aus«, sagt Lucía bewundernd.

Darüber habe ich eigentlich noch nie nachgedacht, aber jetzt, wo sie es sagt … Ich denke, es ist besser, sie in dem Glauben zu lassen.

»Na ja, es fällt mir eben leicht«, antworte ich betont lässig.

»Da!«, ruft sie plötzlich, als sie den Titel *Das unsichtbare Buch* entdeckt.

»Sofort«, sage ich und bewege die Maus.

Auf dem Bildschirm erscheint das, was wir gesucht haben: *Das unsichtbare Buch, von César Durango*.

Mit weit aufgerissenen Augen starrt Lucía auf den Bildschirm.

»Da! Unser Buch!«

»Was ist? Hast du noch nie einen Text auf einem Bildschirm gesehen?«

»Nein, noch nie! Cool!«

Sie überrascht mich immer wieder. Ich lese schon seit ewigen Zeiten Texte auf dem Bildschirm, für mich ist das nichts Besonderes. Und jetzt kommt Lucía und ... *Wow! Cool!* Ich glaube, sie übertreibt mal wieder ein bisschen.

»Warte, nicht so schnell«, sagt sie und hält meinen Arm fest.

»Sonst kannst du es nie erwarten, die nächsten Seiten der Geschichte zu lesen, und jetzt, gerade heute, wo es gefährlich ist, soll ich langsamer machen.«

»Du hast recht, aber ... es ist eben etwas ganz Besonderes. Das hat ein richtiger Schriftsteller geschrieben! ... Hör zu:

›Hier rüber!‹, zischte ein Mann mit langen Haaren, der plötzlich aufgetaucht war. Er

war groß und kräftig und trug Pfeil und Bogen bei sich. ›Folgt mir!‹

Hanna und Sigfrido stellten keine Fragen und folgten dem Mann zwischen Bäumen und dichten Sträuchern hindurch. Mehrere Stunden wanderten sie durch den dunklen Wald, bis sie an ein Flussufer kamen und die aufgehende Sonne den Himmel schon in rötliches Licht tauchte.

›Ich glaube, wir haben sie von unserer Spur abgelenkt‹, sagte der Fremde und warf sich vollkommen erschöpft auf den Boden. ›Wir können uns ein wenig ausruhen.‹

›Wer bist du?‹, fragte Hanna. ›Warum hilfst du uns?‹

›Mein Name ist Nasshan, ich bin Jäger und versorge sie mit Fleisch. Mir werden sie nichts tun, aber wenn sie euch erwischen, seid ihr verloren. Sie mögen keine Fremden‹, erklärte er. ›Deswegen habe ich euch geholfen … Ihr hattet Glück, dass ich in der Nähe war.‹

›Was geht in der Mine vor sich?‹, fragte Sigfrido.

›Das ist streng geheim‹, antwortete der Mann. ›Niemand weiß, wer die Höhle entdeckt hat und wie lange es sie schon gibt.‹

›Und warum gibt es dort so viele Sklaven und Soldaten?‹, wollte Hanna wissen.

›Das sind keine Sklaven. Sie arbeiten freiwillig dort, um den Schreibern zu helfen. Die Schreiber haben viele Ideen und viel zu erzählen. Deshalb muss die Höhle Tag und Nacht erleuchtet sein, so können sie pausenlos schreiben‹, erklärte Nasshan und benetzte sein Gesicht mit Wasser. ›Die Soldaten schützen sie vor Eindringlingen.‹

›Dann ist das der Ort, an dem die Bücher gemacht werden?‹, fragte Hanna erstaunt.

›Ja, es scheint so‹, antwortete der Jäger nach kurzem Zögern, als hätte er noch nie darüber nachgedacht. ›Aber sagt mal, was macht ihr eigentlich hier?‹

Hanna und Sigfrido sahen sich an.

›Wir möchten ein unsichtbares Buch lesen‹, antwortete die Prinzessin schließlich und klopfte auf die Satteltasche, die über ihrer Schulter hing. ›Man hat uns gesagt, die Schwefelmine sei der einzige Ort auf der Welt, an dem …‹

›Das stimmt nicht‹, unterbrach Nasshan sie. ›Es gibt noch einen Ort, an dem man unsichtbare Bücher lesen kann.‹

›Wo?‹, fragten die beiden erwartungsvoll. ›Wo liegt dieser Ort?‹

›Etwas weiter weg‹, antwortete der Jäger und wies mit einem seiner Pfeile nach Norden. ›Zwei Tagesreisen von hier, flussabwärts.‹

›Würdest du uns dorthin bringen? Ich werde dich reich entlohnen‹, bot Hanna ihm an und holte ein paar Goldmünzen aus ihrer Tasche.

›Gut, folgt mir, ich will euch hinbringen‹, sagte Nasshan und steckte die Goldstücke ein. ›Wir nehmen mein Boot.‹

Die beiden jungen Leute machten sich bereit, ihm zu folgen, doch da brach ein furchtbares Gewitter los, und es ging ein sintflutartiger Regen nieder.«

Plötzlich ertönt die mächtige Stimme meines Vaters hinter mir:

»Was macht ihr hier?«

10

»Guten Abend, Señor Durango«, sagt Lucía geistesgegenwärtig.

»Hallo, Papa!«, sage ich, um mein schönstes Lächeln bemüht.

Mein Vater steht mit verschränkten Armen in der Tür und sieht uns streng an.

»Könnt ihr mir erklären, was ihr an meinem Computer zu suchen habt, Kinder?«, fragt er und macht das Licht im Arbeitszimmer an.

»Wir wollten wissen, ob es Hanna und Sigfrido gelingt, das unsichtbare Buch zu lesen«, antwortet Lucía beherzt.

Ich habe das Gefühl, dass der Ärger jetzt so richtig losgeht. Auf jeden Fall ist es meine Schuld. Ich wusste ja, dass man uns erwischen würde.

»Und wer hat euch erlaubt, den Computer anzumachen?«, fragt mein Vater.

Ich nehme meinen ganzen Mut zusammen und sage: »Es ist meine Schuld, Papa.«

»Er wollte nicht, aber ich hab ihn dazu überredet«, kommt mir Lucía zu Hilfe.

»Das heißt, ihr seid beide schuld, stimmt's?«

Papa kommt ins Zimmer und setzt sich auf seinen Stuhl vor den Computer.

»Wisst ihr nicht, dass das geheim ist?«

Wir sagen nichts, aber in unseren Gesichtern kann man lesen, dass wir das sehr wohl gewusst haben.

Auch Papa schweigt. Er trommelt mit den Fingern auf der Schreibtischplatte. Offensichtlich ist er sehr böse.

»Uns gefällt Ihre Geschichte sehr«, sagt meine Freundin schüchtern. »Wenn Sie wüssten, was wir alles anstellen mussten, um sie zu lesen, wären sie nicht so böse auf uns.«

Papa mustert sie mit einem seltsamen Ausdruck im Gesicht.

»Jawohl«, fährt Lucía fast trotzig fort, »es war gar nicht so einfach.«

»Was meinst du damit?«, fragt mein Vater.

»Na ja, nachdem wir einmal angefangen hatten, die Geschichte zu lesen, konnten wir nicht mehr aufhören – und dann wurde es ganz schön kniffelig.«

»Seit wann lest ihr *Das unsichtbare Buch*?«

Ich zögere ein wenig mit der Antwort, doch schließlich traue ich mich zu sagen: »Fast von Anfang an.«

»Ihr habt die Geschichte also die ganze Zeit über heimlich mitgelesen?«, fragt mein Vater wie vom Donner gerührt.

»Ja, Señor«, antwortet Lucía. »Es ist eine sehr spannende Geschichte … und so aufregend.«

»Ich habe die Seiten ausgedruckt und in die Schule mitgenommen«, gestehe ich. »Aber hier in deinem Arbeitszimmer sind wir das erste Mal.«

»Ehrlich, und schuld daran ist der kaputte Drucker«, fügt Lucía hinzu.

»Das ist ja unfassbar«, sagt Papa und steht auf.

Er schlägt die Hände vors Gesicht und geht hinaus. Wir wissen nicht, was wir machen sollen. Also bleiben wir vorsichtshalber im Zimmer sitzen und verhalten uns still.

Kurz darauf kommt mein Vater mit einem Bier in der Hand zurück.

»Ich bin wie vor den Kopf geschlagen«, sagt er und lässt sich auf seinen Stuhl fallen. »Ich kann es gar nicht glauben.«

»Aber es ist die Wahrheit! Wir haben uns sogar wegen des *Unsichtbaren Buches* geprügelt«, erzählt Lucía.

»Die anderen haben uns deswegen ausgelacht«, ergänze ich.

»Aber das war uns egal, wir haben weitergelesen.«

»Ja, und wir hatten viel Spaß daran.«

»Es war, als hätten wir das Abenteuer selbst erlebt.«

»Nein«, widerspreche ich, »es *war* ein richtiges Abenteuer.«

Während wir reden, habe ich das Gefühl, dass sich unsere Lage verbessert.

In diesem Augenblick wird die Haustür aufgeschlossen.

»Hallo!«, ruft Mama fröhlich. »Da bin ich wieder!«

Ein paar Sekunden später steht sie in der Tür zu Papas Arbeitszimmer. Sie will etwas sagen, doch als sie bemerkt, dass hier dicke Luft herrscht, verschwindet ihr Lächeln.

»Was ist los? Ist was passiert?«

»Setz dich«, sagt mein Vater, »und hör dir an, was die beiden gemacht haben.«

Sie kommt herein, setzt sich mit verschränkten Armen und wartet geduldig, dass ihr jemand etwas erzählt. Aber niemand sagt etwas. Wir wissen nicht, wo wir anfangen sollen. Schließlich erklärt Papa ihr in wenigen Worten, was vorgefallen ist.

Ich glaube, Mama ist etwas ratlos. Etwa so, als wüsste sie nicht, ob sie lachen oder weinen soll.

»Ich bin ganz alleine schuld«, sagt Lucía. »Ich möchte Schriftstellerin werden, und deswegen hab ich César überredet ...«

»Ich bin auch nicht unschuldig«, sage ich.

Papa bringt mich mit einer Handbewegung zum Schweigen.

»Aber ... warum habt ihr mir das denn nicht früher gesagt?«, fragt er. »Ich hätte euch ...«

Es klingelt. Das muss Javier sein.

Mama steht auf, um die Tür aufzumachen. Kurz darauf kommt sie mit meinem Bruder zurück.

»Bist du immer noch hier?«, fragt er, als er Lucía sieht. »Ist was passiert?«

Er setzt sich zu uns.

»Gibt es einen bestimmten Grund für dieses Familientreffen?«, fragt er so locker wie möglich.

Papa erhebt sich und ergreift das Wort:

»Wie es aussieht, mein Junge, drucken diese beiden Herrschaften schon seit Wochen heimlich die Seiten des *Unsichtbaren Buches* aus.«

Javier sieht mich an. Sein Blick sagt mir: Ich hab's ja gewusst, und ich hab dich gewarnt!

»Hast du die Seiten verkauft?«, fragt er mich.

»Was?«, schreit mein Vater. An diese Möglichkeit hat er noch gar nicht gedacht. »Das will ich doch wohl nicht hoffen … oder?«

»Außer uns hat sie niemand gelesen«, empört sich Lucía. »So etwas würden wir nie machen!«

»Papa, ich schwöre dir, wir wollten nur die Geschichte lesen, sonst nichts«, versichere ich.

»Komisch«, sagt Javier, »du hast dich doch sonst nie für Papas Geschichten interessiert! Das ist bestimmt die erste, die du freiwillig liest.«

»Damit du's weißt, sie hat ihm sehr gefallen«, verteidigt mich Lucía. »Ihm gefällt alles, was sein Vater schreibt.«

»Wirklich?«, fragt Papa.

»Na ja, also ... *Das unsichtbare Buch* gefällt mir tatsächlich ... Ich finde es spannend, und ich würde gerne wissen, wie es ausgeht.«

Papa sieht mich erstaunt an. Das hätte er nicht von mir erwartet.

»Ich glaube, es wird langsam Zeit für dich, Lucía«, sagt Mama in diesem Moment. »Bei dir zu Hause macht man sich bestimmt schon Sorgen.«

»Darf ich Lucía nach Hause bringen?«, frage ich. »Es ist etwas weit und ...«

»Ich fahre euch«, mischt sich Papa ein.

Endlich sind sich mal alle einig. Lucía verabschiedet sich, und nachdem sie versprechen musste, uns von nun an häufiger zu besuchen, gehen wir.

Es kommt mir verdächtig vor, dass Mama und Lucía so schnell so gute Freundinnen geworden sind.

Im Auto kommt Lucía wieder auf ihr Lieblingsthema zurück.

»Ist es schwer, Schriftsteller zu sein?«, fragt sie meinen Vater.

»Viel schwerer ist es, deine Fragen zu beantworten« sagt Papa lachend.

»Sie drücken sich um die Antwort«, stellt Lucía streng fest. »Und außerdem haben Sie uns noch nicht erzählt, wie *Das unsichtbare Buch* endet.«

»Willst du das wirklich wissen? Oder willst du lieber warten, bis das Buch rauskommt und du es selbst lesen kannst?«

Lucía und ich sehen uns überrascht an.

»Aber wenn ihr wollt, erzähle ich's euch«, gibt mein Vater nach.

»Wir würden es gerne jetzt schon wissen«, sagt Lucía, von Neugier geplagt.

»Aber wir warten trotzdem, bis das Buch rauskommt«, entscheide ich.

»Ich hab einen besseren Vorschlag«, sagt Papa, als er vor Lucías Haus anhält. »Wenn das Buch veröffentlicht wird, feiern wir eine große Party, und ihr sollt die Ersten sein, die es lesen.«

11

Einige Wochen später sagt meine Mutter beim Frühstück zu mir:

»César, Papa möchte mit dir sprechen.«

»Mit mir?«, frage ich erstaunt.

»Ja, er meint, vielleicht können wir auch im nächsten Jahr hier in diesem Haus bleiben. Ich glaube, er hat keine Lust mehr, ständig umzuziehen.«

»Willst du damit sagen, dass wir für immer hierbleiben werden?«, frage ich ungläubig.

»Möglicherweise«, antwortet sie, »möglicherweise …«

»Wann hat er dir das gesagt? Glaubst du, er meint es ernst?«

»Das weiß ich nicht. Frag ihn doch selbst! Er ist gerade im Badezimmer.«

Ich lasse mein Frühstück stehen und stürze in den Flur. In diesem Augenblick kommt mein Vater aus dem Bad.

»Papa!«, rufe ich. »Mama hat mir gerade erzählt, dass wir für immer hierbleiben.«

Er sieht mich überrascht an.

»Das hat sie dir erzählt?«

»Ja, gerade in der Küche.«

»Na ja, wenn Mama das sagt, wird es wohl stimmen, meinst du nicht?«

Jipiiieee! Ich falle ihm um den Hals.

»Ich hab dich lieb, Papa«, flüstere ich ihm ins Ohr.

»Ich weiß, mein Junge, ich weiß.«

»Los, es ist Zeit für die Schule!«, ruft meine Mutter. »Dein Bruder ist schon unterwegs.«

Ich gehe in mein Zimmer und hole Anorak und Schultasche.

»Übrigens«, sagt Papa, nachdem er mir einen Abschiedskuss gegeben hat, »wie geht es Lucía?«

»Gut. Sie hat eine kleine Geschichte geschrieben und nimmt damit an einem Wettbewerb in der Schule teil. Vielleicht bekommt sie einen Preis.«

»Was hältst du davon, wenn ich euch heute Nachmittag von der Schule abhole?«, fragt er. »Wir könnten zusammen etwas trinken …«

»Heute Nachmittag? Wirklich?«

»Nur wenn du willst …«

»Wir könnten uns in der Eisdiele gegenüber der Schule treffen.«

Papa nickt zustimmend.

»Ich werd's Lucía sagen, die wird sich freuen.«

Ich stürme nach draußen. Es regnet, aber das ist mir egal. Heute ist der glücklichste Tag in meinem Leben. Von mir aus kann es donnern und hageln, so viel es will, es interessiert mich nicht die Bohne.

In der Schule mache ich mich sofort auf die Suche nach meiner Freundin. Ich brenne darauf, ihr die Neuigkeiten zu erzählen. Doch da stellt sich mir jemand in den Weg.

»Wohin so eilig?«

Lorenzo! Und zwei seiner Freunde sind auch dabei.

»Jetzt ist keiner da, der dir hilft, was?«

»Lasst mich zufrieden«, sage ich. »Ich will keinen Streit.«

»Dann geh gefälligst auf eine andere Schule, wir wollen dich hier nicht!«, antwortet Lorenzo und schubst mich … und schubst mich noch mal …

Seine Freunde sehen einfach zu. Wenn

ich mich jetzt nicht wehre, muss ich am Ende tatsächlich noch die Schule wechseln. Ich glaube, jetzt ist der Moment gekommen, etwas dagegen zu unternehmen.

»Hör auf damit«, fordere ich Lorenzo auf.

»Verschwinde von hier«, wiederholt er. »Wir wollen dich hier nicht.«

»Ich glaub, ich hab eine bessere Idee«, entgegne ich. »Ich bleibe in diesem Jahr hier und auch im nächsten, im übernächsten, im überübernächsten … so lange, wie ich will!«

»Wir werden dir das Leben zur Hölle machen«, droht mir Lorenzo.

»Genau, bis du gar nicht mehr hier sein willst«, ergänzt einer seiner Freunde.

»Das wollen wir doch mal sehen! Fangen wir gleich damit an«, erwidere ich.

Lorenzo traut seinen Ohren nicht. Ich ziehe mir den Anorak aus und lasse ihn zusammen mit meiner Tasche zu Boden fallen.

»Ich bin bereit!«, schreie ich. »Los, kommt her!«

Sie weichen einen Schritt zurück.

»Was ist, ihr Superhelden? Drei gegen einen! Habt ihr etwa Angst vor mir?«

Ich bin echt wütend. Und ich glaube, das merken sie auch.

»Ich hab keine Angst vor euch!«, schreie ich. »Wem wolltet ihr das Leben zur Hölle machen, he?«

Sie rühren sich nicht vom Fleck. Anscheinend sind sie gar nicht so mutig, wie sie immer tun.

»Mach doch nicht gleich so'n Stress«, beruhigt mich Lorenzo, als er merkt, dass es nicht so läuft, wie er gedacht hat.

Sieht aus, als wollten sie den Rückzug antreten.

Ich bin drauf und dran, mich damit zufriedenzugeben. Doch dann überlege ich es mir anders. Ich gehe auf Lorenzo zu und baue mich vor ihm auf.

»Schwöre mir, dass du mich von jetzt an in Ruhe lässt!«, fordere ich ihn auf. »Schwöre es!«

Er blickt zu seinen Freunden, doch die sehen weg.

»Schwör es, oder ich …«

»Ist ja gut«, beruhigt er mich. »Reg dich ab, Mann …«

»Schwöre es!«, wiederhole ich nachdrücklich und gehe noch weiter auf ihn zu.

»Schon gut, schon gut … Ich lass dich von jetzt an in Ruhe«, verspricht er. Aber das reicht mir noch nicht.

»Du sollst es schwören!«

»Also gut, ich schwöre es«, erklärt Lorenzo schließlich und hebt die rechte Hand. Dann dreht er sich um und verschwindet zwischen den Jungen und Mädchen, die mittlerweile einen Kreis um uns gebildet haben.

Mir zittern die Knie und die Hände. Meine Ohren sind feuerrot, mein Herz rast. Bestimmt werde ich gleich ohnmächtig oder so. Meine Kehle ist völlig ausgetrocknet, ich könnte kein einziges Wort mehr herausbringen.

Und ich weiß noch immer nicht, woher ich diesen Mut genommen habe.

»Du bist ja ein richtiger Held«, sagt jemand hinter mir.

Ich drehe mich um und erblicke Lucía.

»Hab alles gesehen«, sagt sie. »Ich bin richtig stolz auf dich.«

Ich kann noch immer nichts sagen, sehe sie nur dankbar an. Schweigend gehen wir in die Klasse und setzen uns auf unsere Plätze. Nach einer Weile schiebe ich ihr einen Zettel zu, auf dem steht:

»Mein Vater hat uns für heute Nachmittag zum Eis eingeladen.«

»Ich freue mich sehr«, flüstert sie ganz leise, nachdem sie meine Botschaft gelesen hat. »Das wird bestimmt supercool.«

Ich habe das Gefühl, dass es dieses Jahr besser für mich läuft. Zum ersten Mal gehe ich gerne zur Schule. Ich glaube, das habe ich Lucía zu verdanken …

Nach dem Unterricht sind Lucía und ich die Ersten, die die Klasse verlassen. Wir rennen die Treppe hinunter, überqueren den Schulhof und sind in null Komma nichts in der Eisdiele.

Papa sitzt bereits an einem der Tische am Fenster.

»Guten Tag, Señor Durango!«, ruft Lucía.

»Hallo, Kinder!«, begrüßt uns mein Vater.

Wir setzen uns. Der Tisch ist mit Blättern übersät.

»Hast du was geschrieben?«, frage ich ihn.

»Ja, ich bin schon den halben Tag hier. Und ich muss sagen, ich habe sehr viel geschafft.«

Lucía und ich sehen uns an. Wir brennen darauf, ihn nach dem *Unsichtbaren Buch* zu fragen, doch wir beherrschen uns.

»Was darf ich den Herrschaften bringen?«, fragt in diesem Moment der unfreundliche Kellner.

»Wie immer: zwei Vanilleeis mit Schokolade und je einer Kirsche«, bestelle ich.

»Kommt sofort.«

»Und vergessen Sie nicht die Kirschen, die sind das Wichtigste«, füge ich spöttisch hinzu.

Der Kellner will sich schon entfernen, als mein Vater sagt:

»Bringen Sie mir auch eins. Und auch mit einer Kirsche, ja?«

»Ja, Señor.«

Als wir wieder alleine sind, zwinkert Papa mir zu.

»Soll ich euch vorlesen, was ich heute geschrieben habe?«

»Gerne!«, ruft Lucía begeistert.

»Ja, das wäre schön«, sage ich.

Papa lächelt zufrieden, nimmt die Seiten vom Tisch und ordnet sie.

»Also dann, hört gut zu!

Nach zwei Tagen landeten Hanna, Sigfrido und Nasshan am Ufer eines breiten, reißenden Flusses. Der Jäger hatte sie in ein Tal gebracht, das zwischen hohen grünen Bergen lag.

›Dies ist der Ort, von dem ich euch erzählt habe‹, sagte er. ›Hier seid ihr außer Gefahr und könnt euer Rätsel lösen. Viel Glück!‹

Nachdem sich Nasshan herzlich von ihnen verabschiedet hatte, stieß er das Boot vom Ufer ab und verschwand mit kräftigen Ruderschlägen im Morgennebel.

Die beiden warteten still, bis sich der Neben lichtete. Schließlich kamen zwei weißbärtige Männer auf sie zu. Sie hießen sie freundlich willkommen und forderten sie auf, sich zu ihnen unter eine hundertjährige Ulme zu setzen. Hanna erklärte ihnen ruhig den Grund für ihren Besuch, während neben ihnen viele Leute Bücher vorbeitrugen. Dutzende Männer und Frauen erfassten und ordneten sie eifrig. Dann wurden sie in große Holzhütten gebracht und in langen Regalreihen aufbewahrt, bis jemand kommen und sie zum Lesen ausleihen würde. Diese riesige Bibliothek war Teil jenes ruhigen, einsamen Tales.

›Dies ist das Tal der Bücher‹, erklärte einer der bärtigen Männer. ›Hier bewahren wir alle Bücher auf, die wir bekommen können.‹

›Warum tut ihr das?‹, fragte der Page.

›Damit sie nicht verloren gehen‹, antwortete der Alte. ›Und damit alle Welt sie eines Tages lesen kann.‹

›Hier ist das Buch, von dem ich euch erzählt habe‹, sagte die Prinzessin. ›Ich habe es vor Monaten gefunden und brenne darauf, es zu lesen.‹

Der andere nahm das Buch in die Hand, betastete es von allen Seiten und sagte dann nach kurzem Zögern:

›Ja, kein Zweifel! Das ist das unsichtbare Buch, das vor vielen Jahrhunderten im Königreich Navar geschrieben wurde. Wir haben es überall gesucht, konnten es bisher aber nicht finden. Niemand hat es gelesen … Du hast einen kostbaren Schatz gefunden.‹

›Warum ist das Buch unsichtbar?‹, erkundigte sich Sigfrido.

›Das ist nichts Besonderes. Alle Bücher sind unsichtbar, solange sie niemand liest, verstehst du?‹, erklärte der Ältere geduldig. ›Bücher werden sichtbar, wenn sie

gelesen werden. Danach werden sie in Regale gestellt oder in Schränken aufbewahrt und werden wieder unsichtbar. Wichtig ist nur, dass jemand sie lesen will.‹

›Ja, und dieses hier hatte das Glück, euch zu begegnen‹, fügte der andere hinzu. ›Es wird so lange nicht mehr unsichtbar sein, wie ihr es wollt.‹

Mit diesen Worten zogen sich die beiden Männer zurück und ließen die beiden Freunde mit dem unsichtbaren Buch alleine unter der Ulme zurück. Von weitem beobachteten sie, wie in Hannas Händen ein blaues Buch sichtbar wurde. Staunend schlugen es die Prinzessin und ihr Page auf und ... begannen zu lesen.

Mehrere Stunden saßen sie versunken da und genossen die Lektüre bis zur letzten Zeile. Sie vergaßen alles um sich herum, ja, sie vergaßen sogar zu essen. Sie wechselten sich ab, und wenn einer vom lauten Vorlesen ermüdete, fuhr der andere fort. Man konnte fast meinen, sie tranken das Buch, als handele es sich um ein Getränk, das dazu bestimmt war, gemeinsam genossen zu werden; und mit jedem Schluck erschien es ihnen köstlicher.

Als die Sonne unterging, näherten sich

die alten Männer der Ulme, deren Schatten auf die beiden Leser fiel. Hanna und Sigfrido hatten ihre Lektüre beendet.

›Hat es sich gelohnt?‹, fragten sie die jungen Leute.

›Es war das Aufregendste, das ich je erlebt habe‹, antwortete die Prinzessin.

›Ich glaube, wir werden noch mehr unsichtbare Bücher suchen‹, sagte der Page. ›Es muss noch viele geben.‹

›Das ist eine gute Idee‹, erwiderte der Ältere. ›Es gibt tatsächlich viele verlorene Bücher, die nur darauf warten, von jemandem gefunden zu werden.‹

›Dürfen wir hierherkommen, um sie zu lesen?‹, fragte Hanna.

›Selbstverständlich! Ihr wärt uns eine große Hilfe‹, antwortete der andere. ›An diesen Ort kommen Leser aus aller Welt auf der Suche nach Büchern, die kaum bekannt sind.‹

›Dann lassen wir unser Buch am besten hier, in diesem Tal‹, sagte die Prinzessin. ›So können alle es lesen.‹

Die beiden Männer sahen sich lächelnd an. Dann verabschiedeten sie sich von den jungen Leuten.

Am nächsten Tag, kaum dass die Sonne

aufgegangen war, machten sich Hanna und Sigfrido auf den Rückweg. Nach mehreren Tagen erreichten sie endlich wieder das Schloss. Der König, der sie schon ungeduldig erwartet hatte, hörte sich ihren Bericht aufmerksam an, und nach reiflicher Überlegung verzieh er ihnen.

Um zu verhindern, dass sie erneut wegliefen, gab er seinen Untertanen den Befehl, unsichtbare Bücher zu suchen und sie Prinzessin Hanna zu bringen.

Er organisierte auch von Soldaten bewachte Entdeckungsreisen ins Tal der Bücher. Zusammen mit weiteren Freunden ritten Hanna und Sigfrido häufig dorthin, um unsichtbare Bücher abzugeben und andere zu lesen, die bereits in den Regalen standen.

Auf diese Weise lasen sie ihr ganzes Leben lang spannende Bücher, doch niemals sollten sie das erste unsichtbare Buch vergessen, das es ihnen ermöglicht hatte, jenes unglaubliche Abenteuer zu erleben.«

»Drei große Becher Vanilleeis mit Schokolade und je einer Kirsche«, sagt der Kellner. »Guten Appetit!«

»Danke«, murmeln wir alle drei gleichzeitig.

Das Eis ist sensationell. Es hat noch mehr Schokolade als letztes Mal, und der Becher kommt mir noch größer vor. Ich glaube, es ist das leckerste Eis, das ich je in meinem Leben gegessen habe. Lucía guckt mich an, und ich sehe, dass auch sie ganz begeistert ist.

»Wunderbar«, haucht sie.

»Wahnsinn«, stimme ich ihr zu.

»Unübertrefflich!«, ruft Papa.

Und ohne ein weiteres Wort zu verlieren, machen wir uns über unser Eis her … und denken an *Das unsichtbare Buch* … und an das Tal der Bücher … und an die Schwefelmine und die Schreiber … und an all die Bücher, die es auf der Welt gibt und die nur darauf warten, gelesen zu werden.